JN056517

「――こんな時に、
独占欲を発揮してどうするんだ」

ディーナ
フリューゲル学園の
三年生で、風紀委員長。
騎士を目指して
いるが……？
ジェラール
フリューゲル学園の
三年生。風紀委員会の
副委員長。
ナイジェル
フリューゲル学園の
教師。一年生の武術を
担当している。
シャーロット
魔法に関して稀代の
才能を持つ子爵家令嬢。
フリューゲル学園の
一年生で、風紀委員。

ルーベン
フリューゲル学園の教師。
二年生の魔法学を
担当しているが……？
グレイソン
隣国の第三王子で、
剣の使い手。
シャーロットと同じ
風紀委員会に
属している。
サイラス
フリューゲル学園の教師。
一年生の薬草学を
担当している。

「――私も、全員で生還する未来を諦めない」

姉の引き立て役に徹してきましたが、今日でやめます

Vol. 3

あーもんど
ill. まろ

I have been acting
as a foil to my sister,
but I am quitting today.

CONTENTS

序章 目標《アイザックside》 003

第一章 林間合宿開幕 007

第二章 波乱 070

第三章 反撃 108

第四章 事後処理《ディーナside》 161

最終章 帰省 226

間章 各々の葛藤 243

書き下ろし番外編1 夕食 276

書き下ろし番外編2 視察《アイザックside》 280

書き下ろし番外編3 ベルデ山《ナイジェルside》 284

序章 目標《アイザックside》

I have been acting
as a foil to my sister,
but I am quitting today.

夏の日差しが降り注ぐ皇城の一室で、僕は書類片手に頭を捻る。

眼前には、シャーロット嬢の身辺調査に関する報告書があった。

「う～ん……やっぱり、利用出来そうな情報はないみたいだね。手っ取り早く、シャーロット嬢の弱みを握れたら良かったんだけど……」

『ここまで真っ白だと、手の出しようがない』と肩を竦め、来客用のソファに腰掛けた。

手に持った書類をテーブルの上に置き、僕は部屋の主に目を向ける。

猛暑にも拘わらず、正装を身に纏うその人物は、サラリと揺れる金髪を掻き上げた。

「まあ、しょうがない。彼女の好物や趣味を把握出来ただけでも、良しとしよう」

『成果なし』と言われても、ガッカリした様子を一切見せないレオは、おもむろに顔を上げる。

そして、神秘の森に関する資料を執務机の上に置き、新調したばかりの椅子に腰を下ろした。

さすがは、レオ……余裕綽々だね。

僕もそこまで期待していた訳じゃないけど……正直、『ケーキとモフモフが好き』という情報に価値は見出せないかな。

だって、こんなの取り引き材料にならないじゃないか。

『そもそも、モフモフって何？』と疑問に思いつつ、僕は書類へ手を伸ばす。

身辺調査の報告書というより、プロフィール表に近い内容を眺め、僕は嘆息した。

『外堀を埋めたり、物で釣ったりするのは不可能か』と項垂れる中、レオは長い指を組む。

「とりあえず、以前にも相談したようにシャーロット嬢の件は親睦を深める方向で動こう。幸い、接触出来るチャンスは直ぐにやって来るからね」

林間合宿のことを言っているのか、レオは机の隅に置かれたしおりに手を伸ばした。

合宿のスケジュールや注意事項が書き連ねられたページを開き、ニッコリ笑う。

地道に親睦を深め、こちら側に引き込む作戦か。

時間は掛かるけど、これが一番かもしれない。

だって、シャーロット嬢はとんでもないお人好しだから……情に訴えかければ、折れる可能性は高い。仲のいい友人ともなれば、尚更……。

きっと、僕達の悲願を叶えるため、奔走してくれるだろう。

『相手の良心を利用するようで心苦しいけど……』と、僕は内心苦笑を漏らす。

でも、幼き日の誓いを守るためなら、僕は何だってやる覚悟だった。手段なんて、いちいち選んでいられない。

胸の奥に燻る罪悪感を押し込め、良心の呵責に耐える中、レオはスッと目を細めた。

「目先の目標は、個人的に出掛ける約束を取り付けること。せっかくの夏休みなのに、何も進展しないまま終わるなんて、勿体ないからね」

「そうだね。でも、きっと一筋縄ではいかないよ。シャーロット嬢に警戒されているのはもちろん

――邪魔者だって、居るからね」

おもむろに立ち上がった僕は、執務机に近づき、しおりのページを捲る。

そして、参加者の名簿一覧を開くと、クラリッサ嬢の名前を指さした。

「また横槍でも入れられたら、困るんじゃない？」

再テスト期間に居合わせた時のことを指し、僕は『大丈夫そう？』と心配する――が、当の本人は『大したことない』といった様子で、肩を竦めた。

「そのときは、上手く躱すよ」

「前回は躱すどころか、ずっと言い合いをしてたって聞いたけど……」

「じゃあ、信頼する幼馴染みに彼女のお相手を任せようかな」

「ごめん。それは勘弁して……僕じゃ、歯が立たないよ」

『レオですら、手を焼いている相手なのに』と弱音を吐く僕に、彼はクスリと笑みを漏らす。

「冗談だよ。それより、早く仕事を片付けてしまおう。このままだと、日が暮れる」

林間合宿のしおりを閉じたレオは、分厚い資料に手を伸ばした。

つい先程帰城したばかりだというのに、休む暇もなく仕事を始める。

『今日くらい、休めばいいのに』と苦笑いする僕は、呆れながらも彼の隣に移動した。

第一章 林間合宿開幕

I have been acting as a foil to my sister, but I am quitting today.

無事夏休みに突入し、私は寮の自室でグータラ過ごしていた。

生徒の半数以上が帰省してしまったため、学園内は普段に比べて、かなり静かである。

風紀委員会の見回りもないため、快適に過ごせた――林間合宿当日を迎えるまでは……。

はぁ……ついにこの日が来てしまった。正直、物凄く憂鬱だわ。出来ることなら、今すぐ帰りたい……でも、風紀委員会のメンバーに迷惑を掛ける訳にはいかないし、しっかりしなきゃ。

『ふぅ……』と一つ息を吐く私は窓から、外の景色を眺める。

林間合宿の目的地へ向かう馬車に揺られながら、私は再度溜め息を零した。

「――随分と浮かない顔をしているな。そんなに林間合宿が嫌なのか？」

そう言って、私の顔を覗き込んで来るのは風紀委員会委員長のディーナ様だった。

隣に座る彼女は心配そうにこちらを見つめ、苦笑する。

向かい側に腰掛けるジェラール先輩やグレイソン殿下も、気遣わしげな視線をこちらに向けた。

「あっ、いえ……そういう訳では、ありません。ただ、ちょっと寝不足で疲れているだけですわ。ご心配をお掛けしてしまい、申し訳ありません」

胸の前でパタパタと手を振る私は、問題ないと言い張った。

必死に表情を取り繕う私に、ディーナ様は『そうか。なら、いいが……』と歯切れの悪い返事をする。

　善人を騙してしまったような状況に、私は良心を痛めた。

　ね、寝不足なのは本当だから、嘘ではない……筈！　まあ、林間合宿が嫌なのは事実だけど！

でも、委員長の目の前で『はい、嫌です』なんて、言える訳ないじゃない！　というか、何で私は
――――ディーナ様たちと同じ馬車に乗っているのよ！

　今更ながらこの状況にツッコミを入れ、私はどこか遠い目をした。

　林間合宿に参加する生徒は学園の正門発であれば、学園側の用意した馬車に乗ることが出来る。

　席順は馬車の台数や生徒の乗車数によって異なるため、その時にならないと分からないが……。

　でも、学園に残ってまで正門発の馬車に乗る生徒は非常に少なかった。

　はぁ……まさか、ディーナ様たちと同じ馬車に乗ることになるとはね。別に嫌ではないけど、
ちょっと居心地が悪いかも。年齢も階級も上の人だから、嫌でも緊張してしまうわ。

　内心気が気じゃない私は、右へ左へ視線をさまよわせる。

　ソワソワする私の隣で、ディーナ様はふと窓の外に目を向けた。

　朝日に照らし出される彼女の横顔は、どこか憂い気で……哀愁を誘う。

『さっきのことを気にしているのかな？』と不安に思う中――――私達を乗せた馬車はガタンッと、
大きく揺れた。

　その反動で腰が浮いてしまい、私は馬車の座席にお尻をぶつける。

「っ……!?」

声にならない声を上げる私は両手を後ろに回し、腰を押さえた。

受け身を取れる状況ではなかったため、かなりお尻が痛い。でも、殿方の前でお尻を押さえる訳にはいかず、ぐっと痛みを堪(こら)えた。

「シャーロット嬢、大丈夫か？」

「かなり高く飛んでいましたけど、怪我(けが)はないッスか？」

四人の中で最も体重が軽いのは私なので、男性陣は真っ先に声を掛けてくれた。

『ディーナ様は放置でいいのか？』と疑問に思うものの、隣を見てすぐに納得する。

痛がる素振りを見せるどころか、顔色一つ変えていない彼女は至って、元気そうだった。

「シャーロット嬢、平気か？　もし、辛(つら)いようであれば、言ってくれ。休憩を挟めるよう、先生に掛け合って来る」

他人を気遣う余力まであるのか、ディーナ様は心配そうにこちらを見つめる。

かなり勢いよく、お尻を強打したにも拘(かか)わらず、彼女は一切弱音を吐かなかった。

お尻が鉄で出来ているのか、鋼の精神を持っているのかは分からないが、私も彼女の強さを見習おうと思う。まあ、彼女の真似(まね)をするのは到底不可能だろうが……。

「心配して頂き、ありがとうございます。でも、少し腰を痛めただけなので問題ありません。あまり気にしないでください」

耐え切れないほどの痛みではないため、私は大丈夫だと言い張った。

わりと元気そうな私の姿に安心したのか、ディーナ様たちは『分かった』と素直に頷(うなず)く。

ホッと息をつく彼らの前で、私は背もたれに寄り掛かり、足元に視線を向けた。

あら？　これは何かしら……？

馬車が揺れた際に落ちてしまったのか、私の足元には誰かの手紙があった。

コテリと首を傾げながら、私は一先ずソレを拾い上げる。

宛名を見ようと、真っ白な封筒をひっくり返せば――ヘイズ侯爵家の封蠟が目に飛び込んできた。

わざわざ宛名など見ずとも、手紙の持ち主は直ぐに分かる。

「あの、ディーナ様。手紙が落ち……」

「――それに触るな！」

『落ちていましたよ』と続く筈だった言葉は、ディーナ様の怒鳴り声に遮られる。

そして、両手で丁寧に差し出した手紙は、引ったくられるように奪われた。

どこか焦ったような表情を浮かべるディーナ様は、制服のポケットに手紙をねじ込む。

突然の出来事に思わず、固まってしまう私は頭の中が真っ白になった。

『せっかく、拾ってあげたのに』と怒る気持ちよりも、驚きが勝ってしまい、身動き一つ取れない。

向かい側に腰掛ける男性陣も、ディーナ様の激情に動揺を隠せないのか、パチパチと瞬きを繰り返した。

何とも言えない空気がこの場に流れる中、ディーナ様はハッと正気を取り戻す。

己の言動を思い返す彼女は、瞬く間にサァーッと青ざめた。

「す、すまない……！　シャーロット嬢はただ手紙を拾ってくれただけなのに、私はなんてことを……！」

慌てて謝罪を口にするディーナ様は、『わざとじゃないんだ！』と必死に説明する。

慌てふためく彼女を前に、私は安堵の息をついた。

ただ、手紙の中身を見られたくなかっただけで、私に怒った訳じゃなかったのね。安心したわ。

でも、ここまで感情的になるディーナ様は珍しいわね。普段は冷静沈着でお優しいのに……家で何かあったのかしら？

――って、変な勘ぐりをするのはやめましょう。他人の家庭事情に踏み込むのは良くないわ。

小さく頭を振る私は、脳裏に思い浮かんだ疑問を消し去る。

そして、オロオロと視線をさまよわせるディーナ様に微笑みかけた。

「こちらこそ、大切なお手紙に勝手に触れてしまい、申し訳ありませんでした。中身は一切見ていないので、ご安心ください」

『宛名を見ただけだ』と弁解しつつ、私は小さく頭を下げる。

開封していない事実を知ったディーナ様は、あからさまに安堵した。

「そうか。なら、良かった」

僅かに目元を和らげるディーナ様は、ホッと息を吐き出す。

ハラハラした様子でこちらの様子を見守っていたグレイソン殿下とジェラール先輩も、肩の力を抜いた。

『丸く収まって、良かった』と誰もが安堵する中、馬車はゆっくりと停車する。

「――――どうやら、目的地に到着したみたいッスね！」

『ナイスタイミングだ』と笑うジェラール先輩は、馬車の小窓から外の様子を窺(うかが)った。

窓の向こうには、自然豊かな森と一定の間隔を開けて建てられたコテージが見えた。

もっと奥に行くと、母屋となる大きな屋敷があり、近くに綺麗(きれい)な湖もある。

皇室所有の別荘地とあってか、管理は行き届いており、非常に綺麗だった。

確か、コテージは班ごとに生徒達に割り当てられるのよね。まあ、私たち風紀委員会は主催側の人間だから、奥にある屋敷で過ごすことになるけれど。

「噂(うわさ)には聞いていたが、本当に広いな。林間合宿で使うには勿体(もったい)ない」

馬車から飛び降りたグレイソン殿下は『どうせなら、強化合宿でもすればいいのに』と不吉なことを呟(つぶや)く。

自然豊かな別荘地に来ても、剣の鍛錬しか頭にない彼に、私はやれやれと肩を竦(すく)めた。

林間合宿の間くらい、剣のことは忘れればいいのに……。グレイソン殿下は本当にいつも、鍛錬ばかりね。

『真面目なのか、脳筋なのか……』と考える私は、馬車の座席から立ち上がる。

天井に頭をぶつけないよう、慎重に動くと――――先に降りたグレイソン殿下から、手を差し伸べられた。

「摑(つか)まれ」

「あ、ありがとうございます……！」

転ばないよう、気遣ってくれたグレイソン殿下に礼を言い、私は彼の手を摑む。

『たとえ転んでも、受け止めてくれそうだな』と考えながら、馬車から降りた。

繋いだ手をそっと離し、集合場所である玄関前に足を運ぶ。

屋敷の前には既にディーナ様とジェラール先輩の姿があり、風紀委員会のメンバーに指示を出していた。

「一年生は荷物運びを手伝ってくれ！　くれぐれも落とさないようにな！」

「二年生と三年生は、一般生徒の荷物検査をお願いするッス！　危険物が紛れ込んでいないか、しっかりチェックしてください！」

二手に分かれて行動するよう、呼び掛ける二人は『あっちだ』『こっちだ』と指さす。

休む間もなく、始まった委員会の仕事に内心げんなりしながら、私達はそれぞれ動き出した。

初日から、力仕事なんてついてない……まあ、責任重大な荷物検査を任せられるより、マシだけど。

『はぁ……』と深い溜め息を零す私は、他のメンバーと共に馬車の下へ向かう。

学園発の馬車は出発する前に荷物検査を済ませてあるので、直ぐに運搬可能だった。

荷下ろし作業に取り掛かる他クラスの生徒を他所に、私はすぐ傍にあった木箱に手を伸ばす
――――が、どう頑張っても持ち上がらない。

えっ？　あれ？　これって、野菜の入った箱だよね？　なのに、何でこんなに重たいの……？

全然ビクともしないんだけど……!?

『鉄でも入ってます?』ってくらい重たい箱を前に、私は唸る。

念のため、箱に貼られた紙を確認してみるものの、野菜としか書かれていない。何度読み直そうと、『鉄』の文字は見当たらなかった。

「もしかして、私……野菜も持ち上げられないくらい、非力になった?」

「――――それは聞き捨てならないな」

真剣に考え込む私に、声を掛けたのは――――他ならぬグレイソン殿下だった。

『体力のみならず、筋力まで落ちたのか?』と呆れ返る彼は、小さく溜め息を零す。

このままでは、一緒に鍛錬するぞと言い出しかねなかった。

『朝練だけは嫌だ!』と慌てて口を開くものの……目に入ってきた大量の荷物に、唖然としてしまう。

「えっ? あの……重くないんですか?」

思わず声を掛けてしまった私は、グレイソン殿下の左手に注目する。

何食わぬ顔で木箱を十個ほど手に持つ彼は、まさに怪力だった。おまけにバランス力も抜群である。

「これくらい、平気だ」

『まだ持てる』と匂わせるグレイソン殿下はこちらに手を伸ばすと、例の木箱を軽々と持ち上げた。

でも、思ったより重かったのか、不思議そうに首を傾げる。

「野菜にしては、随分と重いな」

『中に入っている個数の問題か？』と疑問に思うグレイソン殿下は、僅かに眉を顰めた。

右手に持つ木箱を顔に近づけると、クンクンと匂いを嗅ぐ。

「土の匂いが一切しない……これは本当に野菜の入った箱なのか？」

不信感を募らせるグレイソン殿下は、箱の中身に疑問を抱いた。

迷うように視線をさまよわせた後、チラリとこちらに視線を向ける。

何かを決意したような眼差しは凛としていて、格好良かった。

「シャーロット嬢、責任は俺が取るから、箱の蓋を取ってくれ。中身を確認したい」

不信感を拭えないのか、グレイソン殿下はついに強硬手段へ出る。

手に持つ木箱をズイッと、前に突き出す彼は『早く開けてくれ』と急かしてきた。

しっかりと釘が打ち付けられた木箱を前に、私はどうすべきか迷う。

釘なんて、魔法を使えば簡単に外せるけど……勝手にこんなことをして、いいのかしら？　一度、ディーナ様に確認した方がいいんじゃ……？

屋敷の前に視線を向け、慌ただしく動き回るディーナ様の姿を視界に捉える。

忙しいのは明白で……声を掛けるのは難しそうだった。

早くも相談を諦める私は、腹を括るように一つ息を吐く。

危険物でも紛れ込んでいたら大変だし、中身を確認しよう。後でディーナ様に怒られるかもしれないけど、このまま放置するよりマシだわ。私達の早とちりであっても、所詮中身は野菜だし、先生方に咎められることもないでしょう。

「分かりました。魔法を使いますので、動かないでください。怪我でもしたら、大変ですから」

「ああ、分かった」

コクリと頷いたグレイソン殿下は一ミリも動かぬよう、完璧に静止する。

『そこまでしなくても……』と苦笑しながら、私は木箱に手を翳した。

『久々に重力魔法でも使おうか』と悩んでいると――――こちらへ駆け寄ってくる人の足音が聞こえる。

「――――お取り込み中、悪いけど、野菜は早めに運んでくれる？　そろそろ、昼食の準備に取り掛からないとダメなんだ」

そう言って、私達の間に割って入ってきたのは――――ルーベン・シェケル・ギャレット先生だった。

茶色に近い赤髪とオレンジの瞳を持つ彼は、二年A組の担任で魔法学を教えている。

魔法の腕前はビアンカ先生と同程度で、かなりの実力者だった。

でも、実力をひけらかしたり、偉そうに振る舞ったり……といったことは一切なく、多くの生徒から慕われている。

私も学期末テストの不正事件でお世話になったため、彼のことは信頼していた。

『昼食に間に合わなくなる』と焦るルーベン先生を前に、私はグレイソン殿下と顔を見合わせる。

そして、アイコンタクトだけで会話を交わすと、どちらからともなく頷き合った。

「先生、実はご相談したいことが――」

そう話を切り出した私は、木箱に感じた不審な点を事細かに説明した。

『中身を確認した方がいい』と意見した上で、ルーベン先生に判断を仰ぐ。

真剣な顔つきで考え込む先生は、チラリと木箱に目を向けた。

「……カボチャでも入っているんじゃないかい？」

「可能性は否定できませんが、カボチャ十個と仮定しても、重すぎます」

『カボチャの重さじゃない』と告げるグレイソン殿下は、ルーベン先生の回答に納得できない様子だった。

「中身を確認させて貰(もら)えませんか？　俺の勘違いであれば、謝ります」

「う〜ん……でも、荷物検査は出発前にやっているしなぁ」

『もう一回検査するのはちょっと……』と苦笑いするルーベン先生は、困ったように眉尻を下げる。

でも、なかなか引き下がってくれないグレイソン殿下に気圧(けお)され……妥協案を提示した。

「分かった。じゃあ、こうしよう。この荷物は僕の方で預かる。きちんと中身を確認した上で、問題がなければ、このまま食堂へ持っていくよ。だから、君達は委員会の仕事に戻りなさい。いつまでもここに居たら、周りの迷惑になるからね」

『サボっちゃ駄目だよ』と注意するルーベン先生は、せっせと働く生徒達に目を向けた。

疲れ果てた生徒達の姿を見て、私とグレイソン殿下は反論できなくなる。これ以上、木箱の確認に時間を割くのは駄目だと判断した。

「分かりました。ワガママを聞いてもらって、申し訳ありません」

「荷物の確認、よろしくお願いします」

ペコリと小さく頭を下げた私達は、ルーベン先生に木箱の対応を任せる。

『任されました』と満足そうに微笑む先生は、木箱の上に手を置いた。

「《ウインドメンター》」

言霊術で風魔法を発動させたルーベン先生は、木箱を宙に浮かせる。これなら、魔導師の先生でも簡単に運搬できそうだ。

「では、僕はこれで。サボらず、きちんと働くんだよ」

最後まで釘を刺すルーベン先生は、ヒラヒラと手を振って、去っていった。

その後ろ姿をしっかりと見届け、私とグレイソン殿下は持ち場へ戻る。

急いで他のメンバーと合流した私達は、遅れた分を取り戻すように一生懸命、働くのだった。

《ルーベン side》

シャーロット嬢とグレイソン殿下に見送られ、その場を後にした僕は屋敷の厨房(ちゅうぼう)――ではなく、裏手にある森までやってきた。

人気(ひとけ)のない森はひっそりとしていて、荷物の確認にうってつけの場所である。

キョロキョロと辺りを見回す僕は、周囲に誰も居ないことをしっかりと確認した。

そして、木箱を地面に下ろし、パチンッと指を鳴らして魔法を解く。

「さてと――――早速、箱を開けようか」

独り言のようにそう呟くと、僕は指先から魔力の糸を出した。

『万が一にも、箱の中身を傷付ける訳にはいかないから』と、わざわざ魔術を使用する。

一文字一文字丁寧に描き上げ、僕は開梱(かいこん)用の魔法陣を完成させた。

文字や記号に不備がないか確認してから、箱の上に魔法陣を乗せる。そして――――一思いに魔法を発動させた。

赤い光を放つ魔法陣は木箱に作用し、深く突き刺さった釘を引き抜く。

空中に浮く釘は風に煽(あお)られるまま一箇所に集まり、僕の手のひらに落ちた。

十個近くある釘を握り締め、僕は傷一つない木箱を見下ろす。

『魔術にして、正解だった』と考える中、下からすくい上げられるように蓋が開く。

ようやく、箱の中身と対面した僕は――――何食わぬ顔で、箱を蹴り飛ばした。

「全く……どれだけ、僕に手間を掛けさせる気なんだい？　危うく、生徒達にバレるところだったじゃないか」

箱から飛び出した〝中身〟を見下ろし、僕は大袈裟(おおげさ)に肩を竦める。

僕の足元に転がるのは新鮮な野菜でも、果物でもなく――――人間、だった。

小さく縮こまる彼は黒い布で全身を覆い隠しており、顔すら晒さない。

どこからどう見ても、不審者にしか見えない彼は身じろぎするように体を動かし、ボキボキと骨を鳴らした。

箱に入るため、予め外しておいた関節を元に戻しているのだろう。

平均に比べて細身とはいえ、成人男性が入るには小さ過ぎるからね。まあ、だからこそ、この木箱を選んだんだけど……。だって、まさか箱の中に人が入っているとは、思わないだろう？　でも、今回は却って、怪しまれてしまったけど……危うく、計画が台無しになるところだったよ。出発前の荷物検査さえパスすれば、どうにかなると思っていたのに……勘のいい子供は本当に厄介だね。

「あのとき、僕が駆け付けなかったら、大変なことになっていたね。まさに間一髪だったよ」

返事がないと分かっていながら、僕は名前も知らない彼に話し掛けた。

喉を潰されて、まともに話せない彼はムクリと起き上がると、無言で頭を下げる。

感謝の意として受け取った僕は、『どういたしまして』と返事した。

「じゃあ、あとは頼むね。健闘を祈っているよ」

まるで他人事のように突き放す僕は、きっと冷酷な人間だろう。でも、例の計画に巻き込まれるのは御免だった。

権力者の犬ってのは、惨めだね……禁術を使って、死ぬ羽目になるなんて。

まさに使い捨ての駒じゃないか。

計画の全容を思い返し、『彼のようには、なりたくない』と心底思う。

破滅の未来しかない彼に同情し、『いっその事、自害した方が楽だろうに』と溜め息を零した。

まあ、だからと言って――助けてあげるつもりはないけどね。

そんなことをしたら、僕の首が飛んでしまう……。

だから、くれぐれもヘマだけはしないでね。また部下の尻拭いをするのは、御免だよ。

シャーロット嬢の評判を落とすために仕組んだカンニングペーパー事件は、結局失敗に終わったからね。

失態を犯したランスロットの存在を思い出し、僕は小さく肩を竦める。

脱走に見せかけて殺した彼は、今も『行方不明』ということになっていた。

シャーロット嬢の評判を落とすことさえ出来ない駒なんて、いらないからね。まあ、今回は口封じの意味合いが強いけど。

でも、シャーロット嬢の利用価値を下げられなかったのは、かなり痛い。

おかげで、皇帝とシャーロット嬢の繋がりを切ることが出来なかった。

我々の筋書き通りであれば、皇帝は彼女の人柄や実力に不信感を抱き、距離を置く筈だったのに……。

カンニングペーパー作戦のことを振り返りつつ、僕は小さく頭を振る。

シャーロット嬢の実力を高く評価しているからこそ、僕は皇室と関係を切らせたかった。

彼女があちら側に回れば、確実に脅威となるから……。

『出来れば、敵に回したくない相手だ』と思案する中、黒ずくめの男はサッと一礼し、身を翻す。

森の奥へ消えていく彼の後ろ姿を見送り、僕は空になった木箱を踏みつけた。

まあ、とりあえず……今は例の計画に集中しよう。

運が良ければ、シャーロット嬢も死ぬかもしれないし……。

そうなれば、『皇室の勢力拡大』という心配はなくなる。

『だから、頑張らないと』と意気込む僕は、木箱を見下ろした。

「《フレイムファイア》」

亀裂の入った木箱に手を翳し、僕は言霊術で火炎魔法を発動する。

魔力の消耗と共に発現した炎は赤く燃え上がり、木箱を焦がした。

パチパチと音を立てて燃えていく木箱は、当然のように黒い煙を上げる。

誰かに煙を発見されたら、不味(まず)いね。だからと言って、証拠品をそのまま放置する訳にはいかない。ここでしっかり、処分しないと。

「仕方ない……風魔法を発動させるか」

『魔法の同時発動は得意じゃないんだけど』と零しながら、僕は手のひらを上に向けた。

「《エアコントロール》」

風の中級魔法を発動させた僕は風の流れに干渉し、煙や匂いをこの場に留(とど)めるよう、調整する。

渦を巻くように流れる風は、木箱の周囲をガッチリ固めた。

『これなら、問題ないだろう』と安堵する中、木箱はあっという間に消し炭となる。

火炎魔法を解除した僕は最後に、溜まった煙を吹き飛ばし、四方八方へ飛び散らせた。

「証拠品の処分はこれで終わり、っと」

満足気に目を細める僕は、木箱の面影すら残っていない黒い炭に手を伸ばす。

土と混ぜ合わせるように、グリグリと押し潰し、地面に同化させた。

それでも違和感は残るので、魔術を駆使し、土魔法を発動させる。

炭の上に少量の土と草花を発現させると、僕はゆっくりと身を起こした。

『完璧なカモフラージュだ』と満足し、ポケットからハンカチを取り出す。

汚れた手をハンカチで拭きながら、僕はクルリと身を翻した。

「後片付けも終わったことだし、生徒達のところへ戻るとするか」

『長居は無用』と言い切り、僕はこの場を後にする。

遠くから聞こえる生徒達の笑い声を聞き流し、ゆるりと口角を上げた。

「今のうちに平和を楽しむといい――――何も知らずにのんびりと、ね」

呑気（のんき）にはしゃぐ生徒達の姿を想像し、僕は思わず笑みを零す。

林間合宿に待ち受ける波乱をどう乗り越えるのか、見物（みもの）だね。決行日が待ち遠しいよ。

惜しむことなく魔法を使い、私は荷物の運搬に全力を尽くす。

グレイソン殿下も持ち前の筋力と体力を活かして、頑張ってくれた。

そして、ようやく最後の荷物を運び終え、私達は一息つく。でも、休憩できるほど時間に余裕はなく……直ぐに集合を掛けられてしまった。

ヘトヘトになりながら、屋敷の前に集まる私達は隅っこに並ぶ。

玄関前には既に一般生徒の姿があり、クラス順に整列していた。

三年生の列に見慣れた赤髪を発見し、私はガクリと肩を落とす。

やはりと言うべきか、クラリッサ様も林間合宿に参加していたのね。予想通りの展開ではあるけど、ちょっとショックだわ。

要注意人物がまた一人増えたことに落胆しつつ、私は玄関前に視線を移した。

そこには、林間合宿の総責任者であるナイジェル先生の姿があり、他の先生と話し込んでいる。

『打ち合わせでもしているのか？』と推測する中、彼は一般生徒に目を向けた。

「まずは長時間の移動、ご苦労だった。今日はもう休んでくれて、構わない。本格的な授業は明日から、始めるとしよう。私の美しい顔を思い浮かべながら、休みたまえ。では、解散」

自画自賛を挟みつつ、手短に話を終えたナイジェル先生はクルリと身を翻した。

屋敷の中へ消えていく彼の背中を見送ると、生徒達は一斉に動き出す。

大人しくコテージに籠るつもりはないのか、それぞれ目当ての人物の下へ足を運んだ。

まあ、当然こうなるわよね。林間合宿に参加した者の大半は、人脈作りが目的なのだから。コテージでゆっくり休んでいる暇なんて、ないと思うわ。

――かくいう私も委員会の仕事で忙しいのだけど……。

レオナルド皇太子殿下やクラリッサ様に話し掛ける生徒達を一瞥(いちべつ)し、私は一つ息を吐く。

風紀委員会の一員として、これから見回りをしなければならないのかと思うと、憂鬱だった。

『一般生徒のように初日は自由行動にして欲しかった』と嘆きつつ、トボトボと歩き出す。

「――随分と元気がないな。そんなに見回りが嫌なのか？」

そう言って、私の隣を歩くのは同じペアであるグレイソン殿下だった。

憂い気な表情を浮かべる私に対し、彼は呆れたように苦笑いする。

「シャーロット嬢は本当に面倒臭がり屋だな」

「否定はしません……」

「交代まであと三時間もないんだから、もう少しだけ辛抱してくれ」

「はい……」

『あと三時間もあるのか……』と落胆しつつ、私は力なく頷いた。

ズーンと暗いオーラを放ちながら、事前に決められた見回りコースを歩く。

コテージの方は別のペアに任せ、私達は屋敷の周囲を重点的に巡回した。

『早く休憩に入りたい』と切に願う中――視界の端に見慣れた金髪を捉える。

タラリと冷や汗を垂れ流す私は、今すぐ逃げ出したい衝動に駆られるものの……持ち場を離れる訳にもいかず、そのまま捕まってしまった。

「――――やあ、二人とも。久しぶりだね。元気にしていたかい？」

親しげに声を掛けてきたのは、他の誰でもないレオナルド皇太子殿下だった。

挨拶に来た生徒達を上手く躱して来たのか、珍しく一人である。

『アイザック様に押し付けて来たのか』と苦笑する私は、生徒達に囲まれる茶髪の男性を一瞥した。

「ご機嫌麗しゅうございます、レオナルド皇太子殿下」

「ご無沙汰しています」

一度立ち止まって挨拶する私達は、最低限の礼を尽くす。

本音を言えば、今すぐ立ち去ってしまいたいが……皇太子相手に無礼な真似はできなかった。

「ははは。そんなに畏まらなくても、いいよ。私達の仲じゃないか。もっと楽にしておくれ」

楽しげに笑うレオナルド皇太子殿下は、『ほら、肩の力を抜いて』と述べる。

周囲を牽制したいのか、彼は意味深な言葉を吐きつつ、親密な関係だとアピールした。

少し離れた場所に佇むクラリッサ様から、笑顔で圧力を掛けられても、お構い無しである。

面倒事の種をばら撒く彼に、私は『頼むから、やめてくれ！』と抗議したくなった。

「は、ははは……レオナルド皇太子殿下は冗談がお上手ですね。ところで、私達には何の用でしょうか？　特に用がなければ、この辺でお暇したいのですが……」

今にも死にそうな表情筋を動かし、私は何とか愛想笑いを浮かべる。

一刻も早くこの場から立ち去ろうと画策する中、レオナルド皇太子殿下は一歩前へ出た。

「用というほどのことじゃないけど――シャーロット嬢をお茶に誘いたくてね。三時間後に休憩なんだろう？　なら、私のコテージでゆっくり過ごさないかい？　不安なら、グレイソン殿下と一緒に来てもいいよ」

譲歩する姿勢を見せつつ、レオナルド皇太子殿下はティータイムに私を誘った。

刹那――殺気のようなものを肌に感じ、私はブルリと身を震わせる。

両腕を擦る私は本能に導かれるまま、屋敷の前に目を向けた。

そこには――般若の形相でこちらを睨みつける姉の姿があり、思わず硬直する。

火を見るより明らかな敵意に、私はどう対処すればいいのか分からなかった。

別に悪いことは何もしてないのに、浮気現場を目撃されたような気分になるのは、何故だろう？

正直、とても気まずい……。出来ることなら、今すぐ帰りたい……。

初日から災難に見舞われる私は、『お願いだから、勘弁して……』と項垂れる。

早くも心が折れそうになる私を他所に、姉は不機嫌そうに顔を顰めた。

苛立ちを隠し切れない彼女は、タンザナイトの瞳に憎悪を宿す。

物々しい雰囲気を放つ彼女に危機感を抱き、私は慌てて口を開いた。

「せ、せっかくのお誘いですが、丁重にお断りさせて頂きます！　長時間の移動と委員会の仕事で、疲れていますので！　では、私達はこれで失礼します！」

半ば捲し立てるように誘いを断り、私はガシッとグレイソン殿下の腕を掴んだ。

不敬だと考える暇もなく、彼の腕を引っ張ってこの場を後にする。

後ろから、私を呼び止める声が聞こえたものの……振り返って、返事をする余裕はなかった。

な、なにあれ……!?　お姉様の目とか、雰囲気とか、態度とか物凄く怖かったのだけど……!?

あれって、ただの嫉妬じゃないわよね!?

嫉妬と呼ぶにはいきすぎた感情を向けられ、私は激しく動揺する。

気持ちの整理もつかぬまま歩を進める私に、グレイソン殿下は声を掛けた。

「そっちは俺達の担当区域じゃないぞ」

摑まれている方の腕を引っ張り、彼は『迷子にでもなるつもりか?』と呆れ返る。

ふと足を止めた私は後ろを振り返り、グレイソン殿下の右腕に視線を落とすと――一気に青ざめた。

王族の体に無断で触れてしまったことに気づき、慌てて手を離す。

「も、申し訳ありません！　あの場を早く立ち去りたい一心で、つい……！」

ガバッと勢いよく頭を下げた私は、グレイソン殿下に謝罪した。

弁解の余地もない行動に、『国際問題に発展したら、どうしよう!?』と思い悩む。

色んな意味でパニックに陥る私を前に、グレイソン殿下はキョトンと首を傾げた。

「そこまで謝る必要はない。ちょっと腕を摑まれた程度で怒るほど、俺の心は狭くないぞ。シャーロット嬢は気にしすぎだ」

『もっと気楽にしていろ』と言い、グレイソン殿下は頭を撫(な)でてくれた。

「それより、早く持ち場へ戻るぞ。先生方に見つかったら、面倒だ」

有無を言わせぬ物言いで謝罪を受け流すと、グレイソン殿下はこちらに手を差し伸べる。

相変わらず、優しい彼の態度にホッとし、私は頬を緩めた。

本来であれば、鞭打ち(むちう)の刑になってもおかしくないのに……グレイソン殿下は本当に寛大ね。

僅かに目元を和らげる私は、差し伸べられた手に自身の手を重ねる。

そして、グレイソン殿下に促されるまま、ゆっくりと歩き出した。

殿下と雑談しながら、屋敷周辺を巡回する私は周囲に異変がないか目を光らせる。

時折、姉に睨みつけられるものの、今のところ害はなかった。

そして、特にトラブルも起きずに、交代の時間を迎える。次のペアに幾つか注意事項を伝えてから、私達は屋敷の中へと入った。

落ち着いた雰囲気の内装を一瞥し、私達はようやく一息つく。

これでやっと休めるわね。朝からずっと忙しくて、疲れちゃったわ。夕食まで仮眠を取ろうかしら？

エントランスホールに飾られた掛け時計に目を向け、『あと三時間くらいは眠れそうだ』と考える。

お昼寝のことしか頭にない私は、早く休みたい衝動に駆られながら、グレイソン殿下と向き合った。

「それでは、私はこれで失礼します。お疲れ様でした」

「ああ、しっかり体を休めろ」

挨拶もそこそこにさっさと立ち去ろうとする私に、グレイソン殿下は嫌な顔一つしなかった。

『休むのも仕事のうちだ』と口にし、こちらの体調を気遣う。

体力のない私を心配しているのか、グレイソン殿下は素直に解放してくれた。

体力強化訓練と題して、自主練習に誘って来るかと思ったけど、そんなことはなかったわね。まあ、当の本人は動き足りないようだけど……また直ぐに外へ出て、運動を始めそうね。

『林間合宿に来てまで、訓練か……』と苦笑する私は、グレイソン殿下のストイックさに呆れ返る。

でも、止めるつもりはサラサラないので、彼にお礼だけ言って、さっさと二階へ上がった。

ミーティングで配られた屋敷の見取り図を思い出しながら、私は自室へと向かう。

そして、目的地である部屋の前で立ち止まると、ゆっくりと扉を開けた。

扉の向こうには、落ち着いた雰囲気の空間が広がっており、自然と安らぐ。

奥に配置された部屋だからか、生徒達の声もほとんど聞こえず、非常に静かだった。おまけに日当たりも良い。

「ここなら、ぐっすり眠れ……じゃなくて、快適に過ごせそうね。皇室の所有する別荘とあってか、部屋の大きさも申し分ないし」

『素晴らしい部屋だ』と大絶賛する私は、上機嫌でベッドに駆け寄った。

一応、浄化魔法で身を清めてから、ベッドに寝転がる。

新品のように綺麗なシーツに包(くる)まり、私は枕に顔を埋(うず)めた。

嗚呼(ああ)、最高の気分だわ……！　本当に幸せ！

ベッドで横になるだけで、こんなに満たされるなんて……！　やっぱり、寝ている時が一番幸せだわ！

『至福の一時だ』と頬を緩める私は、右へ左へ寝返りを打った。

ベッドの上でゴロゴロしながら、視界の端に運び込まれた荷物を捉える。

衣類の入った旅行鞄（かばん）を眺める中、私はふと木箱の存在を思い出した。

そう言えば、あの木箱は結局どうなったのかしら？　ルーベン先生が中身を確認してくれることになっているけど、特に何も言われていないのよね……やっぱり、私達の思い過ごしだったのかしら？　それとも、私達にも言えないほどの危険物が……？

事後報告を受けていないせいか、私はどうしても不安になってしまう。

悪い方向にばかり物事を考える私は、気持ちを切り替えるように一つ息を吐いた。

「木箱のことはもう忘れましょう。ルーベン先生を信じて、任せるのが一番だわ」

『本当に危険だったら、合宿は中止になっているだろうし』と考え、自分を納得させた。

迷いを捨てるように頭（かぶり）を振り、私は深呼吸する――――と同時に窓ガラスが割れた。

飛び散る破片を呆然（ぼうぜん）と見つめる中、拳サイズの石が床に落ちる。

窓ガラスを割ったのは恐らく……というか、間違いなく、この石だろう。

何で石が部屋の中に……？　風に飛ばされて来たのかしら……？　でも、ここは二階よ？　台風や竜巻でも起きない限り、それは有り得ないわ。となると、残る可能性は人為的に引き起こされたトラブル……つまるところ、嫌がらせになるわね。出来れば、私の思い違いであってほしいけど、あまりにも不自然な点が多すぎる。突然、石が投げ込まれたこともそうだけど――終始無音、だったこともおかしいわ。だって、窓ガラスの割れる音さえ、聞こえなかったんだから。

別の音に掻き消されるのではなく、無音だった事実を思い返し、私は石に目を向ける。

破片と共に散らばるその石には、魔法陣と思しき何かが描かれていた。

既に文字が消えかかっていて、詳細までは分からないけど、音を消す魔法であることは確かかね。

魔法の効果内容は恐らく、石によってもたらされる全ての音を遮断すること……。

「随分と器用なことをするのね。防音魔法は基本範囲を指定して使うものなのに……。物自体に防音効果を付与するなんて、相当大変だった筈よ」

魔法付与の一種だと考える私は恐怖するよりも先に、相手の腕前に感心した。

何故なら、魔法付与はかなり高度な技術で、宮廷魔導師でも苦労するものだから。効果は一時的なもののようだが、凄いことに変わりはなかった。

シュルシュルと消えていく青い線を眺めつつ、私は犯人の目星をつける。

魔法付与を成功させるほどの実力者で、魔力の糸が青である人物……心当たりがあるのは、一人しか居ないわね。

やれやれと肩を竦める私は大胆な犯行に呆れつつ、ベッドから立ち上がった。

窓ガラスの破片を踏まないよう、細心の注意を払いながら、窓辺に近づく。

窓からそっと裏庭の様子を窺えば――木の後ろに隠れる姉とバッチリ目が合った。

ハッとしたように目を逸らす彼女は素知らぬ顔で、裏庭を後にする。足早に走り去っていく彼女の姿は、明らかに怪しかった。

でも、まだ犯人だと断定することは出来ないわね……私は石に細工するところを見た訳でも、石を投げ込む現場に居合わせた訳でもないから。状況証拠しかない以上、深く追及することはできないわ。『やっていない』と主張されたら、終わりだもの。

八方塞がりの状況に溜め息を零し、私は犯人探しを早々に諦めた。

一応第三者を交えて、捜査することも出来るが、大事(おおごと)にはしたくないので断念する。

割れてしまった窓ガラスは時間逆行魔法で修復し、ついでに結界も展開した。

「これで安心して、眠れるわね」

安全策を講じた私は、『これなら、襲撃されても大丈夫だ』と肩の力を抜く。

安堵の息を吐きつつ、私は床に落ちたままの石を拾った。

念のため、石の状態を確認してみるものの……防音魔法の他に細工された痕跡は見つからない。

変な仕掛けはなさそうね。仮にあったとしても、子供騙し程度の嫌がらせだろう。お姉様に殺害の意思はないようだから。窓ガラスの件だって、『レオ殿下に近づくな』という警告のつもりでやったんだろうし。本気で殺意を抱いているなら、石ころ程度で済む訳がないわ。

「とはいえ、警戒するに越したことはないわね。まあ、レオナルド皇太子殿下との接触は私一人の意思でどうにか出来るものじゃないけど……」

積極的に関わってくるレオナルド皇太子殿下の姿を思い出し、私はガクリと肩を落とす。

明日から本格的に始まる林間合宿に思いを馳(は)せ、一つ息を吐いた。

明日から、また一波乱ありそうね……無事に家へ帰れるか、不安だわ。何事もなく、終わればいいのだけど……。

事なかれ主義の私は『頼むから、問題を起こさないでくれ』と願いつつ、再びベッドに潜り込む。

そして、今度こそ眠りについた。

――お昼寝以降は特に嫌がらせもなく、私は林間合宿二日目を迎えた。

食堂で朝食を終え、私は集合場所である屋敷前に向かう。

そこには、既に一般生徒や引率教師の姿があり、それぞれ列に並んでいた。人集り（ひとだかり）の中から風紀委員会のメンバーを見つけ出し、私はいそいそとグレイソン殿下の隣に並ぶ。

「おはようございます、グレイソン殿下」

「ああ、おはよう。昨日はよく眠れたか？」

「はい、ぐっすり眠れました」

――部屋に石を投げ込まれましたけど。

とは言わずに、私はニッコリ微笑んだ。

昨日の器物破損事件は私以外に目撃者が居なかったことから、特に問題になっていない。というか、誰も気づいていなかった。

「そうか。なら、良かった」

僅かに表情を和らげるグレイソン殿下は、スッと目を細める。

『今日も頑張ろう』と意気込む彼に、私はコクリと小さく頷いた。

出来ることなら頑張りたくないけど、初日の状況を考える限り、それは難しい……。少なくとも、何の問題も起きず、平和に過ごすことは不可能でしょうね。

一般生徒の列に並ぶレオナルド皇太子殿下とクラリッサ様を交互に見つめ、私は一つ息を吐く。

そして、視界の端に姉の姿を捉えると、『今日は何もして来ないわよね？』と少し不安になった。

『ここには問題児しか居ないのか……』と絶望する中、新歓合宿の総責任者であるナイジェル先生が玄関前に姿を現す。サラサラの金髪を風に靡かせる彼は、今日も今日とて美しかった。

「これより、朝礼を始める。朝早くから、私の姿を拝めることに感謝して、聞くといい」

『眼福だろう？』と自信満々に言い切るナイジェル先生は、朝から絶好調である。

止まらない自画自賛に内心飽き飽きする中、彼は自慢の美声で朝礼を始めた。

「まず、今日から、本格的に活動を始めてもらう。活動内容は事前に説明してあると思うが、念のためもう一回説明しようか」

『情報に誤りがあっては大変だから』と、ナイジェル先生は改めて、活動内容を説明する。

「今年の林間合宿は薬草採取チームと動物狩りチームに分かれて、行動することになっている。どちらも森に入って動き回る必要があるから、服装は授業で使う騎士服に統一させてもらった。それから――――」

学園指定の騎士服に身を包む私達に、ナイジェル先生はあれこれ説明してくれた。

聞き取りやすい声に耳を傾けながら、私達は自身の情報と照らし合わせていく。そして、『伝達情報に誤りはなさそうだ』と安堵した。

「────活動内容の説明は以上だよ。もし、分からない点があれば、その都度聞いてほしい」

『疑問のまま放置してはいけない』と言い聞かせ、ナイジェル先生は生徒達に注意を促す。

皇室の管理する別荘とはいえ、森の中は危険なため、確認不足で何かあれば大変だと思ったのだろう。

「最後に、薬草採取チームに入りたい者はサイラスの下へ、動物狩りチームに入りたい者は私の下へ来ておくれ。チームごとに森へ入るから、勝手な行動は慎むように。では、これにて朝礼を終了する────解散」

屋敷の花壇に座り込むサイラス先生を一瞥し、ナイジェル先生は朝礼を終えた。

刹那、一般生徒達は移動を始め、いそいそと先生達の下へ駆け寄っていく。

動き出す大衆を他所に、私たち風紀委員はディーナ様に視線を向けた。

ゆっくりとこちらを振り返った彼女は、満足気に微笑み、グッと拳を握り締める。

「よし！　それじゃあ、私達も二手に分かれて、行動しよう！　打ち合わせ通り、女子生徒は薬草採取チームの護衛を、男子生徒は動物狩りチームの護衛を頼む！　くれぐれも一般生徒から、目を離さないようにしてくれ！」

「「「分かりました！」」」

迷子の可能性を仄(ほの)めかすディーナ様に、私達は力強く頷いた。

捜索活動に駆り出されるのは御免だと考え、『絶対に目を離さないようにしよう』と誓う。

楽に……じゃなくて、安全に任務を遂行したいと考える私達の前で、ディーナ様は右手を前に突き出した。

「では、それぞれ持ち場へ向かってくれ！　健闘を祈る！」

激励の言葉と共に解散を言い渡された私達は一斉に動き出す。

男女別々の方向に向かう私達は、早く仕事を終わらせる事しか考えていなかった。

女子生徒の集団に紛れて移動する私は、去り際にグレイソン殿下から声を掛けられる。

「シャーロット嬢、持ち場は違うが、お互い頑張ろう。陰ながら、応援している」

別行動になるのは初めてだからか、グレイソン殿下はわざわざエールを送ってくれた。

きっと深い意味はないんだろうが、こうやって気に掛けてくれるのは素直に嬉(うれ)しい。

ゆるゆると頬を緩める私は、『はい！』と元気よく頷いた。

ニコニコと機嫌よく笑いながら、グレイソン殿下に小さく頭を下げて、別れる。

そして、上機嫌のままサイラス先生の下へやって来た。

生徒達に取り囲まれる彼は、何故か花壇に水やりをしている。

周囲の視線など気にならないようで、黙々と作業をこなしていた。

マイペース過ぎるサイラス先生の姿に、私は思わず呆れてしまう。もはや、注意する気力すら湧かなかった。

皇室所有の花壇まで、勝手に弄るなんて……サイラス先生は本当に無謀というか、自由人ね。今更ながら、この人が薬草採取チームの引率教師でいいのか、不安になってきたわ。薬草の知識は確かに豊富だけど、引率教師に相応しいかと問われれば、答えは否ね。まず、ちゃんと生徒達を誘導出来るのかも分からないもの。

『途中で単独行動を始めるに一票』と呟きながら、私は大きな溜め息を零した。

声を掛けるべきかと思い悩む中、一般生徒の中から一人の青年が姿を現す。

周囲の視線を独り占めする彼は、サイラス先生にゆっくりと近づいた。

「お取り込み中のところ、失礼します。薬草採取チームの参加者が全員揃いました。そろそろ、準備をお願いします」

柔らかい物腰で、『ちゃんと仕事をこなして下さい』と主張したのは——レオナルド皇太子殿下だった。

有り余るほどの美貌を振りまく彼は、サイラス先生の手から、素早く如雨露を奪い取る。そして、後ろに控えるアイザック様に手渡した。

サイラス先生の視界から如雨露を消し、森に関心を持つよう、仕向けたのだろう。

『幼児の扱いに慣れた母親みたいだな』と感心する中、サイラス先生はパチパチと瞬きを繰り返す。

空になった手元と薬草採取チームの生徒達を交互に見つめ、『あっ』と声を漏らした。

やっと全ての事情を呑み込んだサイラス先生は、『すっかり忘れていた』と笑う。

己の役割をしっかり思い出した彼にホッとしつつ、私はレオナルド皇太子殿下とアイザック様に目を向けた。

花壇に夢中なサイラス先生を現実に引き戻してくれたのは有り難いけど――――お二人は何でここに……？　まさか、薬草採取チームに入るつもりじゃないわよね……？　男子生徒の大半は動物狩りチームに参加しているのだから……。

ルールとして定められた訳じゃないが、基本的に薬草採取チームは女子生徒が、動物狩りチームは男子生徒が参加するようになっている。

もちろん、趣味や体力の問題により、暗黙の了解を破る生徒も何人か居るが……でも、それは少数派だった。

だから、森の中ではクラリッサ様とお姉様にだけ、注意しておけばいいと思っていたけど……現実はそう甘くないわね。まさか、暗黙の了解を破ってまで、私に関わってくるとは思わなかったわ。

『油断した』と嘆く私は、一波乱ありそうなメンバーに肩を落とす。

どうにかして、殿下達を説得できないかとも考えたが、女性陣の黄色い悲鳴を聞いて諦めた。

『絶対に恨まれる』と確信しながら、私は何度目か分からない溜め息を零す。

早くも絶望に打ちひしがれる中、サイラス先生は呑気に説明を始めた。

「薬草採取チームの主な活動内容は、薬草を採取すること。まあ、名前通りだね。採取した薬草は合宿最終日にレポートと一緒に提出してもらうから、無くさないように」

『予備は用意した方がいいかもしれない』とアドバイスし、サイラス先生はカチャリと眼鏡を押し上げた。

「採取する薬草は何でもいいけど、種類と特性をきちんとレポートにまとめること。基本、自力で調べてもらうから、そのつもりで。図鑑の使用は最終日まで認めないからね」

『頼れるのは己の知識だけだ』と語り、サイラス先生はしっかり課題に取り組むよう、促す。

わりと鬼畜な課題内容に、一般生徒はピシッと固まった。

正直な話、林間合宿の課題は適当にやっても成績に響くことはない。でも、あまりにも酷い出来だと、『貴方はここへ何をしに来たんですか？』と責められてしまう。

先生方の評価が下がるのはもちろん、来年以降の林間合宿の参加を制限されるかもしれない。それは生徒達にとって、かなりの痛手だろう。

徐々に青ざめていく一般生徒を前に、私は『風紀委員で良かった』と少しだけ安堵する。

でも、風紀委員じゃなければ、林間合宿に参加することもなかった事実に気がつき、直ぐさま考えを改めた。

『私は何を考えているんだ……』と呆れつつ、サイラス先生の指示を待つ。

「説明も終わったことだし、早速森へ向かおうか。ということで、みんな整列してくれる？　僕達はそこまで奥に行かないから、大丈夫だと思うけど、遭難したら大変だからね」

『はぐれないようにしなくちゃ』と呟くサイラス先生は列になるよう、促す。

慌てて移動を始める一般生徒達は、二列に並んだ。

綺麗に整列した彼らを他所に、我々風紀委員はディーナ様の指示で、列の外側に移動する。そして、一般生徒を囲む形で陣形を整えた。

「それじゃあ、出発するよ」

先頭に立つサイラス先生は、私達に一声掛けてから、ゆっくりと歩き出した。

多種多様な植物と触れ合えるからか、彼の足取りは軽い。

子供のようにはしゃぐサイラス先生を前に、私達も歩を進めた。

先生ったら、誰よりも林間合宿を楽しんでいるわね。引率教師として、合宿に参加すると聞いた当初は『何でわざわざ、自分の仕事を増やすんだろう？』と疑問に思ったけど、今なら何となく分かるわ。サイラス先生は恐らく、ここにしか生えていない薬草を採取するために、林間合宿に来たのね。だって、研究熱心な先生が学園行事だからという理由で、引率を引き受けるとは思えないもの。恐らく……というか、確実に植物に釣られたんだと思うわ。

上機嫌に振る舞うサイラス先生を前に、私は『植物のためなら何でもするな、この人……』と呆れ返る。

並々ならぬ植物への愛を感じる中、私達は屋敷の裏庭を介して、森の中へと入った。

さすがは皇室の別荘地と言うべきか、森の管理は行き届いている。

倒木の恐れがある木は伐採され、森のあちこちに赤いリボンが巻かれていた。

恐らく、遭難防止対策として、目印代わりに取り付けたのだろう。地面も比較的平らで、歩きやすかった。

獣道を歩くことになるかと思ったけど、管理人のおかげで楽に進めそうね。大型動物に襲われる心配もなさそうだわ。

地面にある足跡や糞尿(ふんにょう)の痕跡から、私は『獣の被害はなさそうだ』と判断する。

ホッと胸を撫で下ろす中、少し離れた場所から女子生徒達の会話が聞こえてきた。

「森の中って、もっと怖いところかと思ったけど、案外平気ね。シャーロット嬢に守ってもらっているからかしら？」

「確かに妙な安心感はあるわね。万が一のことが起きても、シャーロット嬢さえ傍に居てくれれば、何とかなりそうだもの」

これまで積み重ねてきた実績が功を奏したのか、彼女達は絶対的信頼を私に寄せる。

プレッシャーとも言える信頼に、私は思わず苦笑いした。

信用してくれるのは嬉しいけど、完全に見込み違いよ。学園外での実戦経験はほとんど無いし、立ち回りもよく分かっていないから。正直、あんまり頼りにならないと思うわ。

己の未熟さを自覚している私は、過度な期待に萎縮してしまう。

『私じゃなくて、ディーナ様(委員長)に期待してくれ』と切に願う中、前方から見慣れた人物が現れた。

駆け足でこちらにやって来る彼女は、艶やかな銀髪をハラリと揺らす。

「シャーロット嬢、ちょっといいか？」

そう言って、私の隣に並んだのは――他の誰でもない、ディーナ様だった。

騎士服を優雅に着こなす彼女は、額に滲(にじ)んだ汗をおもむろに拭う。

真夏の暑さに苦悩する彼女を前に、私は少し歩調を緩めた。

「構いませんが……どうかしましたか？　何か問題でも？」

「いや、そういう訳じゃない」

トラブルを懸念する私に、ディーナ様は小さく首を振る。

そして、『安心しろ』とでも言うようにゆるりと口角を上げた。

「ちょっと配置の相談をしたくてな」

えっ？　配置の相談？　それって、私達の持ち場を変更したいって、ことよね？　何故、いきなりそんなことを……？　配置については、出発前にきちんと決めたのに。今更変更する意味が分からないわ。

『配置に何か問題でもあったのかしら？』と思い悩む私は、ふと周囲を見回した。

でも、これと言って問題があるようには見えない。少なくとも、誰かに負担が集中している訳ではなさそうだった。

全員つまらなそうにしているものの、困っている様子はない。

『今の持ち場に不満はなさそうだけど』と思案しながら、私はディーナ様に目を向けた。

「配置変更の詳細をお尋ねしても、よろしいでしょうか？」

疑問符だらけの脳内を一旦放置し、私はディーナ様に説明を求める。

『今のままでも良いのでは？』と考える私を前に、彼女は小さく頷いた。

「先頭は私一人で護衛しようと考えている。だから、シャーロット嬢は列の中央に移動してくれ。

そこには戦闘能力の低い生徒や地位の高い生徒が居るから、守りを強化したい」

尤（もっと）もらしい言葉を並べ立て、ディーナ様は『どうだ？　いい提案だろう？』と胸を張る。

でも、『はい、いいですよ』と即答はできなかった。

先頭の護衛は私とディーナ様が受け持つことになっている。互いの得意分野からして、バランスのいいペアだと、判断したからだ。

ただ、そうなると戦力に偏りが出るので、列の後方は残りのメンバーで固めてもらった。所謂、数の暴力である。

列の中央って、確かレオナルド皇太子殿下やクラリッサ様が居たわよね……出来ることなら、移動したくないのだけど。

何より——ディーナ様たった一人で先頭を受け持つのは、どう考えても無理があるわ。

ディーナ様は確かにお強いけど、何でも一人でこなせる訳じゃないから。

先頭には一番の問題児とも言える、サイラス先生だって居るし……。

最も迷子になりそうな先生の存在に、私は一抹の不安を覚える。

視界の端に映る緑髪を一瞥し、私は『やはり、一人でこなせる仕事量じゃない』と判断した。

「ディーナ様のお考えは分かりました。でも、あまりにもディーナ様の負担が大き過ぎると思います」

「心配してくれるのは嬉しいが、私なら大丈夫だ。これくらい、問題ない」

あっけらかんとした様子で、ディーナ様は『平気だ』と繰り返す。

護衛経験は風紀委員会の中で一番多いからか、自信満々のようだった。

でも、不思議と『余裕そう』には見えなくて……焦っているとさえ、感じる。

『何故こんなに必死なのか』と疑問に思いつつ、私は食い下がった。

「ですが、後方の護衛が足りていないという訳ではありませんし、わざわざ無理をする必要はないかと……」

『仕事はちゃんと分担しよう』と主張し、私はディーナ様の提案をやんわり断った。

その途端――彼女は、ギリッと奥歯を噛み締める。

「無理をする必要は無い、だと……？　まさか――お前も私の実力を見くびっているのか!?」

突然怒号を上げるディーナ様は、摑みかからんばかりの勢いで、こちらに詰め寄って来る。

鋭い目付きで睨みつけられ、私は啞然とするしかなかった。

ピタリと身動きを止める私は、『そう言えば、馬車で手紙を拾った時もこんな感じだったな』と考える。

既視感溢れる光景を前に、私はどうしたものかと思い悩んだ。

ディーナ様の実力を見くびった覚えはない。むしろ、尊敬している。ただ、一人で三十人近くの生徒を守るのは大変だろうと、判断しただけだ。実力不足だと言いたかった訳じゃない。

『言い方に問題があったのだろうか？』と考えながら、私は困ったように眉尻を下げた。

今すぐ弁解することは可能だが、火に油を注ぐ事態にならないか、不安になる。

釈明するタイミングを見計らう中、周囲の人々は『何事だ？』と騒ぎ始めた。

周囲からの突き刺さる視線に気づいたのか、ディーナ様はハッとしたように目を見開く。そして、素早く状況を理解すると、勢いよく頭を下げた。

「す、すまない……！　私の勘違いだったようだ！　シャーロット嬢はただ心配してくれただけなのに……本当に申し訳なかった！」

慌てて謝罪するディーナ様は、『理不尽に怒鳴りつけてしまった……』と項垂れる。

相当反省しているようで、ズーンと暗いオーラを放っていた。

意気消沈する彼女を前に、私は『気にしないでください』と小さく首を振る。

「誤解だったと理解してくれただけで、私は充分ですわ。私の言い方にも問題がありましたし……」

「いや、シャーロット嬢に非はない。思い込みの激しい、私のせいだ」

『本当にすまない』と何度も頭を下げ、ディーナ様は心の底から謝罪してくれた。

猛省する彼女はこれでもかってくらい謝り倒すと、ようやく顔を上げる。

そして、先程よりも弱々しい態度で、本題に戻った。

「怒鳴りつけたことは本当に反省している。でも、配置の変更は受け入れて欲しい」

『頼む！』と言って、手を合わせるディーナ様はとにかく必死だった。

切羽詰まった様子で食い下がり、こちらに了承を求める。

縋（すが）るような眼差しを向けられ、私は一つ息を吐いた。

まるで、何かに追い詰められているみたいね。

「分かりました。配置の変更を受け入れます。ただし、困った時は必ず呼んでください。どんなに優れた人でも、一人で対処しきれないときはありますから」

『見くびっている訳ではない』とアピールしつつ、私は条件を突きつけた。

過労で倒れないかと心配する中、ディーナ様は快く条件を受け入れる。

「ああ、約束する。決して、無理はしない」

神妙な面持ちで頷くディーナ様は、誓いを立てるように胸元に手を添えた。

真剣味を帯びた琥珀色の瞳に見つめられ、私は『嘘を言っている訳ではなさそうだ』と判断する。

まだ不安は残るものの、条件を呑んでもらった以上、引き下がるしかなかった。

「では、先頭のことはディーナ様にお任せしますね。私はこれで失礼します」

『本当に大丈夫なのか？』という言葉を呑み込み、私は優雅に一礼する。

揺れ惑う心情を必死に抑える私の前で、ディーナ様は元気よく頷いた。

「ああ、また後でな」

こちらに小さく手を振るディーナ様は、満足そうに微笑む。

上機嫌に振る舞う彼女を前に、私は複雑な気持ちになりながら、踵を返した。

はぁ……本当にこれで良かったのかしら？　正直、自信がないわ……でも、一度任せると決めた以上、信じて任せるべきよね。もしかしたら、何か深い事情があるのかもしれないし……。

『いい加減、迷いを捨てなきゃ』と自分に言い聞かせ、私は小さく頭を振った。

何とか思考を放棄した私は、新しい持ち場へと向かう。

すると、そこには生徒会メンバーとクラリッサ様の姿があった。

「――――あれ？　シャーロット嬢？」

驚いたように目を見開き、真っ先に声を掛けてきたのは――――生徒会会計のアイザック様だった。

不思議そうに首を傾げる彼の傍で、レオナルド皇太子殿下やクラリッサ様もこちらに目を向ける。

早くも要注意人物たちに見つかってしまった私は、思わず頬を引き攣らせた。

最悪だわ……よりによって、空いている場所が、ここだけなんて。

でも、列の中心を担う護衛の人数や配置を考えると、ここしかないのよね。

皆、等間隔に並んでいるから下手に動くと、戦力が偏ってしまうし……。

私は事前に決めた配置図を思い返し、途方に暮れる。

『私は彼らと関わる運命なのか』と項垂れ、引き返そうか迷った。でも、断念する。

先ほど決まったばかりのことを覆すのは、良くないと判断したのだ。

現場の混乱を抑えるためにも我慢するしかないと結論づけ、私はそのまま歩を進める。

嫌々ながらもレオナルド皇太子殿下の横に並び、深い溜め息を吐いた。

斜め後ろにいるお姉様から、物凄い形相で睨まれている……。

まあ、お姉様の気持ちも分からなくはないけど……せっかく、私とレオナルド皇太子殿下を引き離せたのに途中で合流したら、面白くないわよね。

でも、これだけは言わせて欲しい……私だって、殿下達と関わる気は一切なかった、と！

『わざとじゃないのに……』と嘆きつつ、私は斜め後ろから突き刺さる視線にひたすら耐えた。

昨日の器物破損事件を思い出す私は、また面倒事になりそうだと思い悩む。

でも、今回は姉の想い人(おもびと)であるレオナルド皇太子殿下も一緒なので、派手なことはしない……と思いたい。

『絶対にしない』とは言い切れない状況に不安を覚える中――隣を歩くレオナルド皇太子殿下に話し掛けられた。

「さっき、ディーナの怒鳴り声が聞こえてきたけど、何かあったのかい？　喧嘩でもした？」

不思議そうに首を傾げるレオナルド皇太子殿下は、『良かったら、相談に乗るよ』と申し出る。

殿下なら、これまでの流れと状況から、事情はある程度把握していそうだが……何も知らないというスタンスを貫き通した。

おかげさまで、我が姉スカーレットは怒り狂っている。

『レオ殿下に気に掛けてもらうなんて、生意気！』と言わんばかりに、こちらを睨みつけてきた。

火に油を注ぐ展開となり、私は思わず殿下を殴り飛ばしそうになる。

でも、皇族相手にそれはダメだと、何とか思い止まった。

ふぅ……一旦落ち着こう。ここで騒いでも、メリットはないわ。あくまでも、冷静に対応しなきゃ。

『下手に動けば、こっちが不利になる』と言い聞かせ、私は深呼吸を繰り返した――が、しかし……姉は怒りを抑え切れなかったようで、勢いよく噛み付いてきた。

「お取り込み中、失礼します！　レオ殿下には申し訳ありませんが、シャーロットの悩みは私が聞きますわ！　私達は血の繋がった姉妹なので、他の方より話しやすいと思います！」

それらしい理論を捲し立てる姉は、とにかく会話を中断させようと必死だった。

『二人の仲を引き裂いてやる！』と言わんばかりの気迫である。

普通の人なら身の危険を感じて、大人しく引き下がるところだろう。

でも、レオナルド皇太子殿下はそうじゃない……私との仲を深めるために合宿に参加したくらいなので、一筋縄ではいかなかった。

「確かに姉であるスカーレットの方が話しやすいと思うけど、第三者の意見だって必要だろう？家族である以上、スカーレットはどうしてもシャーロット嬢寄りの意見になってしまうだろうから。こういう時こそ、第三者に相談するべきだよ」

ぐうの音も出ないほどの正論を振りかざし、レオナルド皇太子殿下はニッコリ微笑んだ。

一歩も引かぬ姿勢を見せる彼に、姉は口をパクパクさせる。

『妹思いの姉』という建前を貫く以上、殿下に強く反論することが出来ないのだろう。

まあ、姉に限って私寄りの意見を出すことは有り得ないけど……。なんなら、こちらの話を聞く前に責め立ててきそうだわ。

横暴極まりない姉の姿を思い出し、私は内心苦笑する。

何か言いたげな表情を浮かべる姉は、グッと拳を握り締めた。

今すぐ怒鳴り散らしたい衝動を必死に抑えながら、彼女はキュッと唇に力を入れる。

「それは、そうですけど……皇太子であらせられるレオ殿下のお手を煩わせる訳には……」

苦し紛れに絞り出した言葉は、説得力に欠けており、到底納得できるものではなかった。

姉も説得材料としては弱いと感じているのか、悔しそうに顔を歪(ゆが)める。

『何とか、二人の邪魔をしたい』と考える姉に対し、レオナルド皇太子殿下は情け容赦なく正論を突きつけた。

「皇族としての立場を重んじてくれるのは嬉しいけど、ここでは身分なんて関係ないよ。フリューゲル学園の校風を忘れたのかい？」

『ここでは、私も一生徒に過ぎない』と語り、レオナルド皇太子殿下は反論を封じた。

優しく……でも、確実に姉を追い込んでいく彼の姿に、私は少しだけ引いてしまう。

『無慈悲とは、まさにこの事ね』と苦笑いする中、姉は困ったように眉尻を下げた。

「それは……でも、殿下は皇太子で……他の人とは……」

煮え切らない態度でモゴモゴと口を動かし、姉は最後まで足掻き続ける。

『でも』『だって』を連発する彼女に、殿下は呆れたように溜め息を零した。

諦めの悪い姉に嫌気が差したのか、『まだ食い下がるつもりか』と肩を竦める。

「スカーレットが身分を重視しているのは、よく分かったよ。だから、こちらも皇太子として言わせてもらう――――私の許可無く、発言しないでおくれ」

『皇族への礼儀作法は覚えてるよね？』と畳み掛け、レオナルド皇太子殿下はスッと目を細めた。

姉の悪足掻きに付き合うのもいい加減飽きたのか、冷え冷えとした眼差しを彼女に向ける。

「もし、ここが皇城の敷地内だったら――――即刻打首だよ」

「っ……！」

穏やかな口調で告げられた残酷な現実に、姉は声にならない声を上げる。

好きな人に『打首』と言われたのが相当ショックだったのか、もう抗議する気力もないようだ。

悲しそうに目を伏せる姉に、レオナルド皇太子殿下はゆるりと口角を上げる。

「打首なんて、冗談だよ。実際にそんなことはしないから、安心しておくれ。だって、スカーレットは――――大切なクラスメイトだからね。でも、自分の発言には気をつけた方がいいよ。君はちょっと無鉄砲なところがあるから」

「は、はい……ご忠告、ありがとうございます。肝に銘じますわ……」

仲のいい友人からクラスメイトに降格された姉は、震える声で了承の意を示した。

関係悪化の一途を辿る姉に、私は少しだけ同情してしまう。

元はと言えば、途中で口を挟んできた姉が悪いのだけど……これはちょっと可哀想ね。レオナルド皇太子殿下も、もう少し言葉を選んでくれれば良かったのに……。

『自業自得だ！』と笑い飛ばせない状況に、私は小さく溜め息を零す。

一瞬、『助け船を出そうか？』とも思ったが、殿下に全て論破されそうなので諦めておいた。

何より、余計なことをして姉との関係に更なる溝を生みたくない。

『静観するのが一番だ』と考える中、レオナルド皇太子殿下はこちらに視線を向けた。

「話が逸れちゃったね。本題に戻ろうか」

満足そうに目を細めるレオナルド皇太子殿下は、何事も無かったかのように振る舞う。

意気消沈する姉の姿など目に入らないようで、彼の瞳には私しか映っていなかった。

数ヶ月前とは明らかに違う彼の態度に、姉は更なるショックを受ける。

『自分の居場所を奪われた』とでも思っているのか、悲痛の面持ちで俯いた。

ここまで落ち込んだ姉の姿を見るのは、初めてだわ……。妹として、何か言うべきかしら？　でも、きっと私に慰められても惨めなだけよね……。姉からすれば、私は恋敵（こいがたき）みたいなものだし……。

下手に動けない状況に四苦八苦しつつ、私は頭を悩ませる。

スルーすればいいのだろうが、弱った姉の姿を見ると、どうしても放っておけなかった。

『どうすれば、いいのだろう？』と考える中、姉は目尻に涙を浮かべる。

今にも泣き出しそうな彼女に、救いの手を差し伸べたのは――私でもレオナルド皇太子殿下でもなく、アイザック様だった。

「あんまり落ち込まないで、スカーレット。レオはただ、ディーナの心配をしているだけだから。従姉妹の心配をするのは、当然だろう？」

コテリと小さく首を傾げるアイザック様は、柔和に微笑む。

そして、呪文のように『スカーレットを嫌いになった訳じゃない』と何度も言い聞かせた。

従姉妹（いとこ）というワードに安心感を覚えたのか、姉はすっかり元気になる。

あっという間に姉の機嫌を直したアイザック様に、私は感心してしまった。

す、凄い……スカーレットお姉様の扱い方を熟知している……。さすがはレオナルド皇太子殿下の右腕とでも言うべきか……完璧な対応ね。

対人スキルの高さに目を見張る私は、憧れにも似た感情を抱く。

『魔法を使わずに解決するなんて！』と感心する中、レオナルド皇太子殿下はこちらに質問を投げ掛けた。

「それで――――どうして、ディーナは怒鳴り声を上げたんだい？　彼女の性格上、無意味に怒ることは有り得ないと思うけど……」

『彼女らしくない行動だ』と訝しむレオナルド皇太子殿下は、僅かに目を細める。

親睦を深めるための口実とはいえ、ディーナ様のことが気にかかるのか、ちょっとだけ心配そうだった。

どうしよう……？　こういう事は、あまり他人に話さない方がいいわよね……？　でも、ディーナ様の反応がどうも引っ掛かる。

別にことの真相を知りたい訳じゃないけど、従兄弟である殿下に話しておけば、何かあったとき力になってくれるかもしれない。

少なくとも、ただの後輩に過ぎない私より、ディーナ様の役に立つだろう。

それぞれの立場や境遇を鑑みた上で、私は『相談しよう』と心に決める。

ギュッと拳を握り締める私は、勢いよく顔を上げた。

「私も詳しいことは分からないのですが、実は――――」

私情が入らないよう気をつけながら、私は先程の出来事を詳しく説明する。

あくまで事実のみを語り終えると、レオナルド皇太子殿下は困ったように眉尻を下げた。

ディーナ様を怒らせた原因に心当たりでもあるのか、彼は悩ましげに眉を顰める。

「わざと負担を大きくしたのは、活躍の場を増やすためとも捉えられる……どうやら、ディーナは相当焦っているようだね。また伯父上に何か言われたのかな？」

独り言のように自分の見解を述べるレオナルド皇太子殿下は、チラリと前方に目を向けた。

ディーナ様のことを心配しているのか、彼の表情はやけに暗い。

親睦を深めるために相談役を買って出たとはいえ、やはり気になるのだろう。

レオナルド皇太子殿下にとっての伯父ということは……恐らく、ヘイズ侯爵のことよね？

ディーナ様は、ご家族と折り合いが悪いのかしら？　だとすれば、手紙の件にも納得がいくけど
……って、深入りするのは良くないわよね。

レオナルド皇太子殿下に相談も出来たことだし、この件は早く忘れましょう。

『いつまでも引き摺るのは良くない』と考え、私は今度こそ気持ちを切り替える。

レオナルド皇太子殿下もこれ以上、言及するつもりはないのか、曖昧に微笑んだ。

「話してくれて、ありがとう。ディーナのことはこっちでも、気にかけるようにするよ」

当たり障りのない返事をすると、レオナルド皇太子殿下はこちらに視線を戻す。

「ところで、シャーロット嬢は休日に何をやっているんだい？　趣味はあるの？」

当初の目的を達成するつもりなのか、レオナルド皇太子殿下は適当に話題を変えた。

『それはそれ、これはこれ』と言わんばかりの態度に、私は思わず頬を引き攣らせる。

そうまでして親睦を深めたいのかと絶句する中、姉にギロリと睨まれた。

『さっさと会話を終わらせなさい！』と視線だけで訴えかけてくる彼女に、私は思わず反論しそうになる。

私だって、さっさと話を終わらせたいけど……レオナルド皇太子殿下がそうさせてくれないのよ。

相談に乗ってくれた手前、こちらから話を切り上げる訳にもいかないし……。

経緯はどうあれ、相談に乗ってもらおうと決意したのは自分なので、あんまり強く出られなかった。

『文句があるなら、殿下に言ってくれ』と切に願う中、姉はフラリとこちらへ足を向ける。

「きゃー、足が滑っちゃったー」

棒読みと言うべき平坦な声でそう言い、姉は上半身をこちらに投げ出す。

転倒するフリをして、ぶつかってくるつもりなのか、何もかもわざとらしかった。

ちょっ……！　嘘でしょう!?　この角度からじゃ、受け止めきれないのだけど……!?　でも、避けたら避けたで『風紀委員のくせに守ってくれないのか！』と文句を言われそうだし……！

『このまま姉の下敷きになるしかないのか!?』と本気で悩む私は、決断を躊躇う。

斜め後ろにいる姉を安全に受け止める方法はないか考える中――――誰かに腕を引っ張られた。

「――――大丈夫かい？　シャーロット嬢」

そう言って、顔を覗き込んで来たのは――――レオナルド皇太子殿下だった。

引っ張られた反動でよろける私の体を、彼は慌てて支える。

咄嗟の行動だったからか、多少強引だったものの……こちらに怪我はなかった。

「あ、ありがとうございます……」

「いや、これくらい構わないよ。それより、怪我はない？」

「はい、ありません」

心配そうに眉尻を下げるレオナルド皇太子殿下に対し、私は『大丈夫だ』と主張する。

痛がる素振りも見せない私に安心したのか、殿下はホッとしたように表情を和らげた。

『なら、良かったよ』と言いながら、腰や腕に回した手をそっと離す。

案外すんなり解放してくれたことに驚いていると、彼はチラリと後ろを振り返った。

「気をつけないとダメじゃないか、スカーレット。危うく、大惨事になるところだったよ」

責め立てるような口調で注意を促すレオナルド皇太子殿下は、ほんの少しだけ語気を強める。

珍しく感情を露わにする彼の後ろには、アイザック様とクラリッサ様に両腕を摑まれている姉の姿があった。

転びそうになったところを二人に助けて貰ったのか、姉は無傷である。

前のめりになった状態で固まる姉は、早くも泣きそうになった。

「ご、ごめんなさい……山道になかなか慣れなくて……」

叱られた子供のように落ち込む姉は、シュンと肩を落とした。

もはや、体勢を整える気力もないのか、そのままズルズルと引き摺られていく。

アイザック様とクラリッサ様に支えられる構図は、結構シュールだった。

不謹慎なのは分かっているけど、騎士に連行されていく罪人のようで、ちょっと面白いわね。まあ、本人には絶対に面と向かって、言えないけど……。

『余計なことを言ったら、確実に怒られる』と自覚しているため、私は敢えて口を噤んだ。

どうやって姉の機嫌を直そうか思い悩む中、レオナルド皇太子殿下はやれやれと肩を竦める。

「大分反省しているようだし、もういいよ。でも、これからは気をつけてね」

さすがに泣かせるのは不味いと判断したのか、レオナルド皇太子殿下はこれ以上、姉を責めなかった。

いつものように穏やかに……そして、優しく接し、姉の緊張を解す。

傍から見ると、子供扱いにしか見えないが、効果は絶大だったようで……姉はあっさり機嫌を直す。

パァッと表情を明るくさせる姉に、私は思わず『単純すぎない……？』とツッコミを入れそうになった。

「はい！　これからは気をつけますわ！　ご忠告、ありがとうございます！」

ペコリと小さく頭を下げた姉は、アイザック様とクラリッサ様にもお礼を言って、自力で立つ。

補助の役目を全うした二人は、『やっとか』とでも言うようにあっさり手を離した。

すっかり元気になった姉を尻目に、私は複雑な心境に陥る。

別に期待していた訳じゃないけど……私には、謝罪もお礼もなしなのね。まあ、最初から分かり切っていたことだけど……。

『一応、被害者なんだけどなぁ……』と嘆きつつ、私はなんとも言えない疎外感に苛まれる。

でも、姉のこういった態度は今に始まった事じゃないので、さっさと割り切ることにした。

『気にするだけ、無駄だ』と自分に言い聞かせる中、我々一行はちょっと開けた場所に出る。

魔法で植物の成長を調整しているのか、ここだけ木が生えていなかった。

「――――ここでちょっと自由時間にしようか」

誰かに拡声魔法を教えてもらったのか、サイラス先生の声が最後尾まで聞こえてくる。

促されるまま足を止めた私達は、キョロキョロと辺りを見回した。

「じっくり植物を見て選びたいなら、今のうちに採取しておいてね。もちろん、移動中に採ってくれても構わないよ。それじゃあ、解散」

手短に説明を済ませると、サイラス先生はさっさと薬草採取に移った。

草むらの前で座り込む彼は、珍しい薬草を見つける度に歓声を上げる。

もはや、引率のことなど忘れているようで、子供のようにはしゃぎまくった。

勝手に盛り上がるサイラス先生を他所に、一般生徒もソロソロと動き出す。

と言っても、彼らの目的はあくまで人脈作りなので、課題よりもお喋(しゃべ)りに夢中のようだが……。

植物を熱心に観察しているのは、一部の生徒だけだった。

一応、他の生徒達も植物を採取したり、観察したりしているようだけど……あまり意欲的とは、言い難いわね。

まあ、自由時間をどう使おうと本人達の勝手だから、私にとやかく言う権利はないのだけど。

「レオナルド皇太子殿下、良ければ一緒に植物を見て回りませんか？」

「アイザック様、課題の相談に乗っていただけませんか？」

「実は先程、綺麗な花を見つけましたの。クラリッサ様もご一緒に観賞しませんこと？」

特権階級の者達に取り入ろうと、生徒達はあの手この手で迫ってくる。

鬼気迫る勢いに、私は啞然とするものの……当人達は全く動揺していなかった。

レオナルド皇太子殿下も、アイザック様も、クラリッサ様も笑顔で対処している。

「せっかくの誘いだけど、今回は遠慮しておくよ。また今度誘っておくれ」

「課題のことは、サイラス先生に聞いた方がいいと思うよ。僕は薬草学の専門家じゃないし」

「あら、それはいいわね。でも、今は課題に集中したいから、後で行くわ」

のらりくらりと誘いを断る彼らは、かなり手馴れているようだった。

お見事と言わざるを得ない対人スキルの高さに、私は他人事のように『凄いなぁ～』と感心する。

でも、人脈作りの対象は特権階級の彼らだけじゃなかったようで……私の下にも、何人か来た。

「シャーロット嬢、良ければ課題を手伝ってくれませんか？　実はあまり、得意じゃなくて……」

「お恥ずかしながら、薬草の知識はあまりないんです……」

「だから、サイラス先生にも認められた薬草オタク……じゃなくて、天才のシャーロット嬢に力を貸してほしいの！」

ん……？　ちょっと待って……!?　今、『薬草オタク』って言ったわよね……!?　ねっ!?　そこだけは全力で否定させて欲しいのだけど……!!

『聞き捨てならない！』と言わんばかりに、私は勢いよく顔を上げる。

課題の手伝いを願い出た三人の女子生徒は、上級生も混ざっているようで、知らない顔ぶれだった。

他学年の生徒にまで薬草オタクだと思われているのかと、私は密かにショックを受ける。

でも、薬草の知識は確かに多い方なので勘違いされてもしょうがなかった。

授業の度、サイラス先生にマニアックな質問をされるから、そう思われたのかも……委員会の見回りルートだって、植物園の近くだし……。

自分なりに心当たりを洗い出し、私は『あれ？　誤解する要素しかないんだけど？』と苦悩する。

でも、このままずっと誤解されるのは不本意なので、きちんと否定することにした。

「申し訳ございません。大変心苦しいのですが、課題のお手伝いは致しかねます……一応、今は委員会の活動中ですので。それから――――私は薬草オタクじゃありません。確かに植物図鑑の内容は丸暗記していますが、決して……決して！　オタクでは、ございません！」

力いっぱい力説する私は、薬草オタクの噂を真っ向から否定した。

何とか誤解を解こうと必死になる中、彼女達は若干頬を引き攣らせる。

「植物図鑑の内容を丸暗記……」

「マニアじゃないのに、丸暗記……」

「天才は何でも丸暗記……」

何故か、『丸暗記』という単語に反応を示した彼女達はなんとも言えない表情を浮かべた。

気まずそうに視線を逸らす彼女達に、私は『あれ……？』と困惑する。

更なる誤解を生んだような気がするのは、私の気のせいかしら……？　もっと普通に反論するべきだった……？

いや、でも……きちんと事情を説明しないと、『好きじゃないのに知識豊富なんて、有り得ない』って怪しまれそうだし……誤解を解くには、これしか方法が……。

　空回りした現実を受け止めきれず、私は途方に暮れる。

『何故こうも上手くいかないのか』と落ち込む中、彼女達はハッとしたように目を見開いた
――かと思えば、直ぐさま愛想良く微笑む。

「そ、そうでしたのね！　誤解していましたわ！」

「勘違いしてしまって、ごめんなさい！」

「と、とりあえず！　私達はこれで失礼しますわ！　委員会のお仕事、頑張ってください！」

　半ば捲し立てるように返事をすると、彼女達はそそくさと去っていった。

　言い逃げ同然の対応に、私はどうすることも出来ず……呆然と立ち尽くす。

　何故かしら……？　無事誤解は解けたのに、どうも釈然としないわ……。

「こんなことになるなら、薬草オタクだと誤解されたままの方が良かったかも……」

「――薬草オタクって、どういうことだい？」

　ボソッと呟いた独り言に目ざとく、反応を示したのは――他の誰でもない、サイラス先生だった。

　いつの間にか背後に回っていたようで、彼は足元にしゃがみこんでいる。

　二十種類以上の植物を胸に抱える彼は、絶対に草むらから目を離さなかった。

　恐らく、目当ての薬草を必死に探しているのだろう。皇室の別荘地には、珍しい薬草がたくさんあるから。

ビックリした……いきなり声を掛けられたから、身構えちゃったわ。心臓に悪いから、驚かせないでほしい……。

『不審者かと思った……』と肩の力を抜く私は、三歩ほど後ろへ下がる。

草むらをかき分ける先生の手元に注目しつつ、私はゆっくりと口を開いた。

「薬草オタクは、薬草好きの人を指す言葉です。意味合いは薬草マニアとほとんど変わりませんわ」

「ふーん？　そうなんだ。新種の植物かと思ったよ」

興味なさげに相槌を打つサイラス先生は、ちょっと残念そうだった。

『つまらない』と言わんばかりに肩を落とし、作業に没頭する。

いや、何をどう解釈したら、新種の話になるの……？　考えるまでもなく、『あっ、勘違いだ』って気づくわよね……？

そもそも、新種の植物に誤解される私って、何……？　どういう状況……？

ツッコミどころ満載な言い分に、私は思わず呆れてしまう。

『サイラス先生の思考回路は理解できないな』としみじみ思う中──彼はパッと顔を上げた。

「──やっと見つけた！」

突然大声を上げたかと思えば、サイラス先生はキラキラと目を輝かせる。

黒の革手袋を嵌めた手には、茶色の薬草が握られていた。

どうやら、目当ての薬草をようやく発見したらしい。

「見つかって、良かったですね。ところで、何の薬草を探していたんですか？」

興味本位で尋ねる私は、少しだけ背伸びをして先生の手元を覗き込む。

でも、例の植物はサイラス先生の手にすっぽりと収まっているため、葉っぱの色しか分からなかった。

茶色の植物を脳裏に思い浮かべる中、先生は勢いよくこちらを振り返る。

「これはペラン草と言って、条件の揃った場所でしか育たない薬草なんだ！　効能は主に便秘解消と痛みの中和でね！　特に凄いのは飲みすぎると、中毒症状を起こして死ぬことなんだけど！　これがとにかく不思議で……！　脳みそと内臓を溶かすんだ！　溶解効果のある物質は検出されていないのに！」

嬉々（きき）として、ペラン草の説明をするサイラス先生は、実に活き活きしていた。

『嗚呼、早く研究したい！』と叫びながら、彼はペラン草に頬擦りする。

いや、あの……それって、一応毒草でもあるんじゃ……？　直接触っても、大丈夫なの……？

ペラン草の概要しか知らない私は、『毒草の扱い方って、あれでいいの？』と心配になる。

素人の分際で口出ししていいのか悩んでいると、サイラス先生は勢いよく立ち上がった。

気の済むまで薬草トークをして満足したのか、先程より落ち着いている。

と言っても、あくまで『表面上は』の話だけど……緩んだ頬やキラキラした瞳は、隠しきれていなかった。

「全員、集合！　こっちを先頭にする形で、整列して！　ちょっと早いけど、屋敷に戻るよ！」

懐から拡声用の魔法陣を取り出すと、サイラス先生は生徒達に集合を掛ける。

魔法陣は先程使用したものを放置しておいたのか、発動中のままだった。

効率重視の魔術とはいえ、発動したまま放置するのは、どうかと思うわ。いざって時に、魔力切れにでもなったら、笑えないわよ……。

自分のことを棚に上げる私は、『魔力の無駄遣いね』と呆れ果てる。

でも、魔法の知識に乏しいサイラス先生をどうこうするのは無理だと諦め、身を翻した。

慌てて整列する一般生徒の集団に混ざり、奥の方へ進む。そして、自分の配置に着いた。

「よし、みんな並んだね。それじゃあ、出発するよ」

拡声魔法を通して生徒達に声を掛けると、サイラス先生はゆっくりと歩き出す。

徐々に進んでいく列の様子を眺めながら、私も前進する。

そして、そのまま来た道を引き返し、屋敷の前まで戻ってきた。

「あっちは、まだ山の中に居るようだね」

チームの名称すら覚えていないのか、サイラス先生は狩りチームのことを『あっち』と表現する。

そして、玄関前にある段差を上がると、彼はキョロキョロと辺りを見回した。

でも、引率教師のナイジェル先生やチームメンバーの男子生徒達は見当たらない。

まあ、見つからなくて当然よね……だって、山があるのは屋敷の裏手だもの。これで見つかったら、逆に驚きだわ。

『何故こうも抜けているのか……』と呆れつつ、私はチラリと掛け時計に目を向ける。

時計の針は11時45分を指しており、集合時間の12時まであと十五分もあった。

「あっちはまだ戻ってこないようだし、先に解散してしまおうか。午後の散策(活動)は自由参加にするから、自室でレポートを書くなり、食堂で食事するなり好きにしていいよ。それじゃあ、解散」

『お疲れ様』と労(ねぎら)いの言葉を掛け、サイラス先生はクルリと身を翻す。

手にいっぱいの植物を抱えながら、先生はいそいそと屋敷の中へ引っ込んだ。

早く研究をしたい気持ちは分かるけど、言い逃げするように立ち去らなくても……。

サイラス先生の言動に啞然とする私は、思わず苦笑を漏らした。

他の生徒達も呆気に取られたようで、なんとも言えない表情を浮かべている。

でも、サイラス先生に何を言っても無駄なのは全員理解しているため、敢えて口を噤んだ。

互いにアイコンタクトを送り合うと、私達はおもむろに動き出す。

友人と合流する者、屋敷に入る者、狩りチームの帰りを待つ者など……皆、好きなように行動した。

さてと、私は食堂にでも行こうかしら？　打ち合わせ通りの流れなら、午後も仕事があるから。

今のうちに体力を回復させておかないと。

『昼食のメニューは何かしら？』と考えながら、私は屋敷の方へ足を向けた。

食欲の赴くままに前進しようとした瞬間――――後ろから、声を掛けられる。

「――――シャーロット嬢、ちょっといいかしら？　実は折り入って、お話があるの」

聞き覚えのある声に釣られ、後ろを振り返ると――――そこには、クラリッサ様の姿があった。

彼女は癖毛がちな赤髪を風に靡かせながら、真剣な面持ちでこちらを見据えていた。

「ここでは人の目もあるし、別の場所へ移動しましょう」

有無を言わせぬ物言いでそう言うと、クラリッサ様はサッと身を翻した。

『こっちの都合は全無視……？』と困惑しつつ、私は仕方なく、彼女の後を追い掛ける。

嫌なら無視すればいいだけの話だが、クラリッサ様の気迫に負けてしまった。

今日はいつになく、強引ね。一体、どうしたのかしら？

『クラリッサ様らしくない』と戸惑いながら、私は屋敷の裏手に回る。

人気（ひとけ）のない裏庭までやって来ると、クラリッサ様は不意に足を止めた。

ゆっくりとこちらを振り返り、彼女は神妙な面持ちで前を見据える。

ただならぬ雰囲気を放つ彼女に気後れしつつ、私は少し間隔を開けて立ち止まった。

「えっと……それで、お話というのは……？」

恐る恐るといった様子で尋ねる私は、そっと相手の反応を窺（うかが）う。

終始オロオロする私を前に、クラリッサ様は少しだけ肩の力を抜いた。

何とか重苦しい雰囲気を和らげるものの、彼女の表情はまだ硬い。緊張しているのは、言うまでもなかった。

「単刀直入に言わせてもらうわね――――私と取り引きしない？」

結論を先に突きつけるクラリッサ様は、至って真剣である。

ふざけている様子もなければ、冗談を言っている素振りもなかった。

とはいえ、急な話であることに変わりはないため、直ぐに納得など出来ない。

「取り引き、ですか……？」

「ええ、そうよ。私はシャーロット嬢とビジネスパートナーになりたいの」

動揺のあまり目を白黒させる私に、クラリッサ様は淡々と言葉を重ねた。

『味方になって欲しい』と明言した上で、彼女は取り引きの詳細について語り始める。

「まずは、こちらの要求を伝えるわね。シャーロット嬢には――――皇太子妃候補の件で、力になって欲しいの。私が皇太子妃に選ばれるよう、協力してちょうだい」

帝国の未来に関わる要求を提示し、クラリッサ様はスッと目を細めた。

「その代わり、レオナルド皇太子殿下からの接触を最小限に止めてあげる。殿下のこと、苦手なんでしょう？　あからさまに避けているものね。もちろん、他にも要望があるなら、遠慮なく言ってちょうだい。出来るだけ、叶えるわ」

見返りとして、殿下の対処を申し出たクラリッサ様は、じっとこちらを見つめる。

驚くほど真剣な眼差しを前に、私は一人悶々と考え込んだ。

レオナルド皇太子殿下を遠ざけてくれるのは、正直物凄く有り難い……殿下との接触を避けることで、姉との衝突もなくなるし、面倒事に巻き込まれるリスクも減るから。

でも――――クラリッサ様のことを信用していいのか、まだ分からない……。知り合ったばかりというのもあるけど、彼女は姉のなりすまし事件を企てた最有力容疑者だから……正直、不信感しかないわ。

『何か裏があるのでは？』と邪推する私は、悩ましげに眉を顰める。

どう返事しようか迷う中、クラリッサ様はニッコリ微笑んだ。

「返事は今じゃなくても、構わないわ。一度じっくり考えてみて」

『このままだと断られる』と判断したのか、クラリッサ様はあっさり引き下がる。

先程までの勢いはどこへやら……一気に態度を軟化させた。

「それじゃあ、色よい返事を期待しているわね」

半ば強引に話を切り上げると、クラリッサ様は急いで来た道を引き返す。

そのまま、私の横を通り過ぎようとした瞬間────何かを思い出したように立ち止まった。

「あぁ、そうそう……これは信頼の証として、教えておくけど────」

そう言って、視線だけこちらに向けたクラリッサ様は僅かに声のトーンを落とす。

「────今回の林間合宿は一波乱ありそうだから、気をつけた方がいいわよ。くれぐれも用心なさい」

真剣味を帯びた声でそう忠告すると、クラリッサ様は視線を前に戻した。

「合宿もあと残りわずかだけど、お互い頑張りましょうね」

先程とは打って変わって明るい声でそう言い、愛想良く微笑む。

驚くほど切り替えの早いクラリッサ様は、何食わぬ顔で横を通り過ぎた。

そして、今度こそ立ち止まることなく、この場を後にする。

徐々に遠ざがっていく足音を聞き流し、私は一つ息を吐いた。

やっと解放された……実際に会話したのは十五分程度だけど、やっぱり緊張するわね。正直、生きた心地がしなかったわ。

息を吹き返したような感覚に陥る私は、大袈裟なくらい脱力した。

ヘナヘナと地面に座り込み、私は先程までの会話内容を思い返す。

真っ先に思い出されたのは、やはり――最後の捨て台詞だった。

「林間合宿で一波乱って、一体どういうことかしら……?」

『随分と含みのある言い方だったけど……』と訝しむ私は、コテリと首を傾げる。

思い当たる節は特にないわね。強いて言うなら、レオナルド皇太子殿下や姉のことくらい……?

でも、二人にはもう散々迷惑を掛けられたし……。

『既に三波乱くらいあったんだけど……』と嘆きつつ、私は大きな溜め息を零した。

鬱々とした気分になる私は、いちいち悩むのも面倒臭くなり……さっさと思考を放棄する。

『もうなるようになれ』と投げやりになる中、複数の人影を見つけた。

彼らは山を下っているのか、徐々にこちらへ近づいてくる。

『不審者か?』と首を傾げる私は、直ぐに立ち上がって戦闘態勢に入ったものの……取り越し苦労に終わった。なんと、人影の正体は――狩りチームのメンバーだったのだ。

見覚えのある集団に安堵しつつ、私はホッと肩の力を抜く。

そう言えば、もうすぐ集合時間だったわね。クラリッサ様との会話に夢中で、すっかり忘れていたわ。

『そろそろ、食堂に行かないと』と考えながら、私はおもむろに立ち上がる。

痺れた足をグッと伸ばす中、ふと見覚えのある黒髪を発見した。

えっと、あれはグレイソン殿下……でいいのよね？　何で狩りを行った一般生徒でもないのに

――肩に猪を担いでいるのかしら……？

『猪って、一人で持つものだっけ？』と疑問に思いつつ、私は苦笑を漏らした。

狩りチームは大猟だったようで、グレイソン殿下の他にも獲物を運んでいる。と言っても、大型動物の死体は複数人で運んでいるようだが……。

『殿下だけ、異次元なんだよなぁ……』と、しみじみ思いつつ、私はゆっくりと踵を返した。

さてと……誰かに見つかる前に、早くここを離れなきゃ。一人で裏庭に居るところを発見されたら、確実に怪しまれるわ。

『変な勘繰りをされては堪らない』と、足早にこの場を立ち去る。

そして、当初の予定通り食堂へ向かった私は何食わぬ顔で、オムライスを頂いた。

《グレイソン side》

しっかりと委員会活動をこなし、早めに眠りについた俺は――林間合宿最終日を迎えた。

今日も今日とて、天気は快晴ですごく暑い。

猛暑に慣れていない生徒達は泣き言を吐きながらも、屋敷の前に集まった。そして、チームごとに分かれて整列する。

狩りチームの列に付き従う俺は、ふと――見知った顔を見つけた。

あれは――レオナルド皇太子殿下とブライアント令息か……？　何故、狩りチームの列に……？

『薬草採取チームじゃなかったのか？』と首を傾げる俺は、狩りチームの列に並ぶ二人を凝視した。

しっかりと帯剣していることから、列を間違えた訳ではなさそうだと判断する。

チームの異動を確信する俺は、『皇太子の面子を保つためにこっちへ来たのか？』と考えた。

特に理由もなく、狩りを避ければ、貴族達に揚げ足を取られるからな。皇太子殿下は野生動物ごときに恐れを成す、臆病者なのか？　と……。

そこから、『この方は本当に皇太子に相応しいのか？』と不信感を持たれ、『帝国の未来が心配だ』と嘆くんだ。

あいつらは、虎視眈々と王の座を狙っているからな。どうにかして、レオナルド皇太子殿下の王位継承権を剝奪したいと考えているだろう。

欲深い貴族達の姿を思い出しながら、俺は『付け入る隙を与えないためか』と納得する。

自己完結した俺は、ふと薬草採取チームの列に目を向けた。

「そう言えば――――薬草採取チームの課題は、どうなったんだ？　レオナルド皇太子殿下とブライアント令息は、やらなくてもいいのか？」

異動に伴う問題点に気がつき、俺は『この場合、どうなるんだ？』と頭を捻る。

顎に手を当てて考え込む中、視界の端に見慣れた緑髪を捉えた。

「――――あの二人なら、もう課題を提出したよ」

そう言って、俺の横で足を止めたのは――――薬草採取チームの引率教師である、サイラス先生だった。

二枚の書類と薬草を手に持つ彼は、遅刻してきたにも拘わらず、堂々としている。

「そ、そうですか……教えていただき、ありがとうございます。それより、早く他の先生方と合流した方が良いのでは……？」

「あっ、そうだった」

『忘れていた』と言わんばかりに手を叩くサイラス先生は、玄関先に足を向けた。

『じゃあ、僕はもう行くね』と言い残し、ゆったりとしたペースで歩き出す。

特に焦った様子もなく歩を進める彼に、俺は心底呆れ返った。

ここで走らないのが、サイラス先生らしいよな……。

良くも悪くもマイペースで、空気が読めない先生の態度に、俺は内心苦笑を漏らす。

『あれはもはや、才能だな』と肩を竦めた中、サイラス先生は無事、他の先生方と合流した。

集合場所である玄関前の段差に上がり、何やら話し込んでいる。

恐らく、今日の打ち合わせをしているのだろう。

もうすぐ始まる合宿活動に思いを馳せる中、ナイジェル先生とサイラス先生はそれぞれ列の先頭に足を運んだ。

――――かと思えば、手短に説明を行い、さっさと出発する。

先頭を切ったナイジェル先生に続き、俺達は屋敷の裏手にある森へ入った。

薬草採取チームの邪魔にならないよう、別のルートで奥へ進み、裏山を登る。

生い茂る木々をかき分け、山の中腹に向かう俺達は警戒心を強めた。

ここからは普通に猪や熊も出てくる。

気を引き締めなくては……。

野生動物の生息区域に足を踏み入れた俺は、いつでも抜刀出来るよう、剣の柄に手を掛ける。

あくまで目的は狩りなので、野生動物への対応は一般生徒に任せるが、万が一を考えて備える必要があった。

いざという時、直ぐにでも助けられるよう神経を研ぎ澄ます中――――横の茂みから鹿が飛び出してくる。それも、何頭も……。

鹿の群れ、だと……？　臆病な鹿が、人前に姿を現すだけでも珍しいのに、群れだなんて……明らかにおかしい。普通じゃない……。

狩りに慣れているからこそ分かる違和感に、俺は『一体、何が起きているんだ……？』と訝しむ。

過去の経験を元に様々な仮説を立てる中、鹿たちは物凄いスピードで目の前を通り過ぎて行った。

鬼気迫る勢いに気圧されたのか、一般生徒は誰一人として動かず、沈黙している。

少なくとも、『よっしゃ！　狩りのチャンスだ！』と歓喜する者は居なかった。

思わず立ち止まる生徒達を他所に、ナイジェル先生はスッと目を細める。

「狩りの途中で申し訳ないけど、一旦山を降りようか。雲行きが怪しい……」

嫌な予感を覚えたのか、ナイジェル先生は下山を提案する。

だが、しかし……もう手遅れのようだ。

「────っ……!?　なんだい!?　この臭いは……！」

カッと目を見開くナイジェル先生は、慌てた様子で鼻を押さえる。

どこからともなく立ち込める悪臭に、俺達も鼻を覆った。

死体の腐ったような臭いだな……。

まさか、昨日の狩りで仕留めた獲物が置き去りになっていたのか？

ちゃんと全部持ってきた筈なんだが……いや、待て。仮に獲物を置き去りにしていたとして、昨日の今日で腐るとは思えない。

なら、この腐敗臭は一体……？

臭いの原因について考える俺は、手掛かりを探すように視線をさまよわせた。

あまりの悪臭に咳き込みそうになる中、俺は不穏な気配を察知する。

本能に促されるまま、剣を抜くと――――鹿の走ってきた方角から、屍のような姿の動物たちが現れた。

弓矢の突き刺さった頭、剥き出しになった筋肉、切り裂かれた腸など……到底生きているとは思えない怪我を負いながら、奴らは動いている。

兎、猪、狸、狐、鳥って……昨日、狩った動物と全く同じじゃないか？

怪我の位置や状態もよく似ている。もちろん、全て把握している訳じゃないが……少なくとも、猪の死因は一致していた。

昨日運んだ獲物を思い浮かべながら、俺は『何故、死体がここに……？』と疑問に思う。

何故なら――――あの猪は昨日のうちに解体して、俺達の夕食になったから。死体なんて、残っている訳がなかった。

生き返ったにしては雰囲気が禍々し過ぎるし、死んだ時の姿を模している意味が分からない。

なので、死体が動いていると考えた方が自然だろう。

でも、そうなると、猪の体をどうやって再現したのか、謎になる訳で……。

『どこの推理小説だ？』と言いたくなるほど不可解な現象に、俺は頭を悩ませる。

……原因究明は後回しだ。今は一般生徒を守ることだけに集中しよう。

『風紀委員の役目を果たさなくては』と使命感に駆られる俺は、気持ちを切り替えた。

そして、凄まじい腐敗臭を放つ奴らに向き直る。

早くも戦闘態勢に入る中、動物の死体たちは――――容赦なく牙を剝いた。

「「全員、下がれ……!!」」

意図せず、ナイジェル先生と同じ言葉を放った俺は一歩前へ出る。

そして、剣気(オーラ)を解放すると、突進してきた猪に一太刀浴びせた。

隣に立つ先生も兎と狐に攻撃を繰り出し、胸元に穴を開ける。

だが、しかし……奴らの怪我は見る見るうちに塞がり、完治した。

「治癒……いや、再生か？　なんにせよ、厄介なことに変わりはないね」

やれやれと肩を竦めるナイジェル先生は、剣気(オーラ)で強化した剣を構える。

ここで決着をつけようとする彼に、俺はすかさず提案した。

「ここは一旦引いた方が良いと思います。切った時の感触も、なんか変でしたし」

剣の柄をグッと握り締める俺は、猪に斬り掛かった時の感覚を思い返す。

何かを切った感触は、確かにあった。でも――全く手応えがなかった。

まるで雲を切っているような感覚だ。

『あれは本当に死体なのか……？』と訝しむ俺は、警戒心を強めた。

得体の知れないものと戦う恐怖に苛(さいな)まれる中、ナイジェル先生はチラリと後ろを振り返る。

そこには、ジェラール(副委員長)先輩の背後に隠れる一般生徒の姿があり、みんな表情を強(こわ)ばらせていた。

完全に怯(おび)えきっている彼らを前に、ナイジェル先生は『ふぅ……』と一つ息を吐く。

「そうだね。じゃあ、ここは最短ルートで……いや、いつものルートで山を降りよう。薬草採取チームのところに行かせる訳には、いかない」

女性陣の安全面を考慮し、ナイジェル先生は『多少遠回りになっても仕方ない』と割り切る。

恐怖のあまり震え上がる生徒達も、さすがに女性陣を巻き込む訳にはいかないと考えたのか、大きく頷いた。

誰もが覚悟を決めて、ジリジリと後ろに下がる中――――薬草採取チームの居るエリアから、信号弾が上がる。

なっ……!? まさか、あっちにも動物の死体たちが……!?

『ここだけじゃなかったのか……!?』と混乱する俺は、必死に思考を巡らせた。

もちろん、別の要因も考えられるが……偶然というには、タイミングが良すぎる。

何より、薬草採取チームにはシャーロット嬢が居るのだ。多少のトラブルなら、簡単に解決出来るだろう。

『稀代の天才が手を焼くトラブルなんて、これしかないだろ』と推察する中、ナイジェル先生は悩ましげに眉を顰めた。

――――かと思えば、信号弾の上がった方角へ足を向ける。

「こうなったら、仕方ない……薬草採取チームに合流しよう」

迷いながらも決断を下したナイジェル先生は、目の前に居る敵を薙ぎ払った。

数メートル先の大木まで吹っ飛んだ敵を一瞥し、彼は駆け出す。

露払い役を買って出たナイジェル先生に続き、俺達も山道を走り抜けた。

薬草採取チームと合流するのは、正直リスクが高い。

人数が増える分、こちらの負担も大きくなるし、状況を把握しにくい。何より、集団パニックになる恐れがあった。

でも――――敵の数すら分からない状況で、散らばる訳にはいかない……。

別々に行動して何かあっても、手の届く範囲に居なければ、助けられないから。

なら、一箇所に集まって対処した方がいいな。

ナイジェル先生と同じ結論に至った俺は、後を追ってくる動物の死体たちに剣先を向ける。

そして、懲りずに飛び掛かってくる奴らを斬り捨てると、シャーロット嬢の下へ急いだ。

《ディーナ side》

――――時は少し遡り、森に入ってから暫く経った頃……サイラス先生に休憩を言い渡された。

昨日と同じように開けた場所で休息を取る一般生徒は、薬草採取に勤しむ。

慣れない手つきで草や花に触れる彼らを、我々風紀委員はじっと見守っていた。

それにしても、今日はやけに静かだな。アイザックやレオナルドが居ないからか？

黙々と手を動かすクラリッサ嬢や妙に口数の少ないスカーレット嬢を前に、私は首を傾げる。

『疲労が溜まっているのだろうか？』と疑問に思う中、空は厚い雲に覆われた。

さっきまで、あんなに晴れていたのに……なんだか、嫌な感じだ。

不穏な気配を感じ取った私は、『狩りチームは大丈夫だろうか』と考える。

険しい山道を突き進む彼らにとって、視界不良は命取りになる。

野生動物の急襲に反応出来なかったり、急斜面だと気づかずに山道を転げ落ちたりするからだ。

いざとなれば魔法で明かりを灯せばいいが、それにだって限界があるだろう。

『無理をしてなければいいが……』と心配しつつ、私は前方に視線を戻した。

刹那——今まで嗅いだこともないような悪臭が、肺を満たす。

何の前触れもなく嗅覚を刺激されたものだから、私は思わず噎せてしまった。

いきなり、なんだ……!?　誰か、臭いの強い薬草でも踏みつけたのか……!?

反射的に手で鼻を押さえると、私は直ぐさま周囲を見回す。

「うっ……！　これは一体、何の臭いなの……？　嗅いでいるだけで、気分が悪くなるわ……」

「まさか、体に害のある臭いじゃないわよね……？」

「やだ！　毒ガスってこと……!?　大変じゃない！」

一気に騒がしくなる薬草採取チームのメンバーは、『早く帰りたい！』と口々に言う。

得体の知れないものに恐怖を感じ、混乱しているようだ。

毒ガス、か……考えたくもない可能性だな。

でも、フリューゲル学園の生徒を狙ったテロだと考えれば、有り得なくはない……。

臭いの原因が分からない以上、一刻も早く安全な場所へ避難しなくては。

『長居は禁物だ』と判断し、私は人を探すように視線をさまよわせた。

そして、目当ての人物を見つけると、進言するべく口を開く。

「────サイラス先生、ここは一旦屋敷へ戻りま……」

『戻りましょう！』と続ける筈だった言葉を、私は途中で呑み込んだ。

何故なら、近くにある茂みから────大小様々な野生動物が姿を現したから……。

異様な雰囲気を放つ動物たちからは、〝あの臭い〟を強く感じた。

臭いの原因は彼らと見て、間違いなさそうだが……一体、何故ここに動物が？

小動物だけならまだしも大型動物までいる異常事態に、私は驚きを隠せない。

『何故？』『どうして？』と疑問を繰り返しながら、剣の柄に手を掛ける。

いつでも応戦できるよう身構える中、一般生徒は『キャー』と悲鳴を上げた。

「ねぇ、どうなっているの……!?　ここは安全だって、言っていたじゃない！」

「鹿や狼も居るなんて、聞いてないわよ……!?　どうすればいいの……!?」

困惑気味に声を張り上げる一般生徒は、目尻に涙を浮かべる。

『ここなら、大丈夫』と安心し切っていたこともあり、彼女達の取り乱し様は凄まじかった。

不味いな……このままでは、避難誘導もままならない。

一刻も早く皆を落ち着かせ、事態の収拾に動かなくては。

『風紀委員長としての責任を果たすんだ』と自分に言い聞かせ、私は口を開ける。

そして、大きく息を吸い込んだ瞬間────神経を逆撫でするような言葉が耳に届いた。

「と、とにかく！　シャーロット嬢のところへ、行きましょう！　祈願術の使い手なら、きっと私達を守ってくれる筈！」

「そうね！　シャーロット嬢の傍なら、安心だわ！」

名案だと言わんばかりに頷く一般生徒は、迷わず踵を返した。

走り去っていく彼女たちの後ろ姿を見つめ、私はただただ呆然とする。

肺に溜めた筈の空気はいつの間にか、抜けていた。

そう、か……彼女たちは風紀委員長である私より、新入生のシャーロット嬢を頼るのか。

「私の傍では、安心出来ないんだな……」

急に突きつけられた現実に戸惑いを覚え、私は酷く狼狽える。

非常事態だからこそ見えてくる周囲の評価と本音に、どう向き合えばいいのか分からなかった。

落ち込んでいる暇はないというのに……なかなかショックから、抜け出せない。

これまで積み上げてきたものが、音を立てて崩れ去っていく感覚に襲われながら、私は顔を歪めた。

震える手をギュッと握り締める私は泣きたいような、怒りたいような……複雑な気分になる。

――と同時に、見返してやりたい、と……自分の実力を認めて欲しい、と欲が出た。

私は立場上、現場の指揮を取ることになるため、あまり活躍出来ない……何故なら、戦うことよりも指示を出すことに集中しなくては、ならないから。

状況を正確に把握し、生徒一人一人に気を配らないといけないため、前線に出るのはほぼ不可能だった。

そうなると、必然的に出番や手柄は奪われる……最前線で活躍した者達に。

最もリスクの高い役目を負っているのだから、当然と言えば当然だが……でも、やはり複雑だった。

『自分だって、前線に立てば活躍できるのに』と……思ってしまうから。

承認欲求に蝕まれる私は、『こんな時に何を考えているんだ……！』と自分に怒鳴る。

でも、考えてしまった……想像してしまった……思い描いてしまった――多くの人々に称賛される未来を。

希望的観測に過ぎないソレを前に、私はゴクリと喉を鳴らした。

欲に目が眩んだ私は、『ちょっとだけ……』と剣を握る。でも――抜刀はしなかった。

風紀委員長としての義務感や責任感が、腹の奥底から湧き上がる欲望を抑えつけたから。

「はっ……私は一体、何をやっているんだか……」

情けないと頭を振る私は、剣の柄から手を離す。

『早く生徒達を落ち着かせなくては』と呟き、顔を上げた。

刹那――実家から届いた手紙の内容が、脳裏を駆け巡る。

まるでフラッシュバックのように、鮮明に……一言一句残さず全部。

「っ……！」

声にならない声を上げる私は、『何故、こんな時に……』と嘆く。

劣等感を煽る文章まで思い出してしまい、グッと奥歯を噛み締めた。

『認められたい』という欲求は更に大きくなり、理性という名の鎖を引きちぎっていく。

私の夢を肯定してほしい……私の本音を受け入れてほしい……私の意志を尊重してほしい……。

ワガママなのは、分かっている……それでも、聞き入れてほしかった。

風紀委員長としての義務感や責任感を押しのけ、私は切に願う。

捨てきれない希望を胸に、私は必死に考えた――どうすれば認めてもらえるのか、を。

そして、一つの結論に辿り着く。

『論より証拠』という言葉があるように――結果や実績で、私の実力を証明すれば良いのではないか？

武勲を挙げれば、あの人達も文句は言えないだろう？

ある意味暴論とも言える考えに取り憑かれ、私は剣の柄に手を掛ける。

もはや、自分中心でしか物事を考えられない私は――感情の赴くまま、剣を抜いた。

混乱する一般生徒を他所に、ディーナ様は――野生動物に斬り掛かった。
一般生徒に落ち着くよう呼び掛ける訳でも、現場の指揮を取る訳でもなく……単独行動に出る。
自分勝手に剣を振るうディーナ様の姿に、私は酷く動揺した。

な、何で……？　いつものディーナ様なら、独断専行なんて絶対にしないのに……。

突然の事態に動揺して、冷静さを失っているのかしら……？

「ま、待ってください、ディーナ様……！　お一人では、危険です！　一旦、下がってください！」

必死になって呼び掛ける私は、これでもかというほど声を張り上げる。でも、彼女には届かなかった。

何かに取り憑かれたように剣を振るうディーナ様に、私はすっかり困り果てる。

不味いわね……完全に正気を失っているわ。

今は野生動物のことしか、目に入っていないみたい……どうしよう？　このままでは、怪我人が出るかもしれないわ。

出来ることなら、早く避難したいけど……安全に移動出来る保証はない。

攻撃を仕掛けてしまった以上、野生動物も黙っていないだろうし……。

明らかに殺気立つ野生動物たちを前に、私は『まだ睨み合いの段階だったのに……』と嘆く。

戦闘態勢に入った気配を感じながら、どうするべきか悩んだ。

こうなった以上、戦闘は避けられないだろう。現場の混乱もどんどん酷くなっているし、死人が出る前に片をつけるしかない。

野生動物たちには申し訳ないが、弱肉強食の掟に則って死んでもらおう。

『中途半端に手加減して、死人が出たら困る』と判断し、私は殲滅の道を選んだ。

愛らしい兎や狐を殺さなければならない事実に、私は胸を痛める。

でも、学友の命には代えられないからと、覚悟を決めた。

ジリジリと距離を縮めてくる野生動物たちに、私は手のひらを向ける。

「せめて、楽に死なせてあげる──《アイスアロー》」

言霊術で氷の矢を顕現させた私は、野生動物たちに鋭い視線を向けた──と同時に攻撃を仕掛ける。

白い冷気を放つ氷の矢は勢いよく飛んでいき、狐の心臓に見事命中した。

『尊い命を奪ってしまった……』と罪悪感に襲われる中、狐は器用に矢を咥え、グッと引き抜く。

そして、何とか矢を取り出すと、地面に投げ捨てた。

えっ？ あれ？ 何で生きているの？ 即死でもおかしくない怪我だったのに……。

『狐って、こんなに丈夫だったっけ？』と混乱する私は、目を白黒させた。

予想外の出来事に呆然としていると──狐の胸に開いた穴が塞がる。

まるで、最初から怪我なんてしてなかったみたいに……。

はっ……？ どういうこと……？ 一瞬で完治って……私の見間違い？

って、ちょっと待って!? この子──背中に大きな切り傷があるわ！

「一体、いつから……？ まさか──最初からじゃないわよね……!?」

最悪の可能性に気づいてしまった私は、『違う』と否定したくて視線をさまよわせる。

そして、見つけてしまった──致命傷を負いながら尚も動く動物の死体を。

天候の影響で暗いこともあり、全ては確認出来なかったが……恐らく、みんな死体だろう。

道理でおかしいと思った……！

獲物や天敵を目の前にしても一切動かないなんて、明らかに異常だもの！

『何かに操られている』と考える私は、生命を弄ぶ行為に激怒する。

でも、ここで冷静さを失ってはいけないと、深呼吸した。

とりあえず、今は生徒達の安全を最優先に考えなきゃ。

非道な行いに怒るのも、原因を追究するのも後でいい。

『優先順位を履き違えるな』と自分に言い聞かせ、私はポケットに手を入れた。

指先に当たった硬い感触に目を細めると、阿鼻叫喚(あびきょうかん)と化した現場に目を向ける。

完全に冷静さを失った人々、単独行動に出たディーナ様、未知の生物とも言える動く死体……。

「これは完全に手に負えないわね……不甲斐(ふがい)ないことこの上ないけど——応援を呼びましょう」

『お手上げだ』と素直に白旗を上げる私は、力なく笑う。

そして、ポケットの中から信号銃を取り出すと——一思いに引き金を引いた。

天高く舞い上がる信号弾を一瞥し、私は指先から魔力の糸を出す。

魔力温存のため魔術を使用する私は、『応援が来るまで何とか持ち堪(こた)えなくては』と考えた。

使命感に駆られるまま結界用の魔法陣を作り上げると、足元に展開する。

指定した範囲に従い、大きくなるソレは薬草採取チーム全体を包み込むように広がった。

かと思えば、半円状の結界を発現させる。

とりあえず、これで一般生徒の安全は確保出来る筈……。

単なる一時凌ぎにしかならないけど、時間稼ぎくらいは出来るだろう。

戦線維持に全力を注ぐ私は、『防御優先で動こう』と決意した。

『一瞬でも油断しないように』と気を引き締める中、動物の死体たちは結界に突進してくる。

結界を破壊しようと躍起になっているのか、何度も何度も頭突きしたり、爪で引っ掻いたりした。

でも、通常より強度を上げた結界に通じる訳もなく……傷一つ付けられなかった。

思ったより、力はないのね。再生能力を持っているくらいだから、脚力や腕力も上がっているかと思ったけど……。

『これなら、何とかなりそう』と安堵する私は、心にゆとりが出来る。とはいえ、まだ油断は出来ないが……。

決して警戒心を解かない私は、今もなお結界の外で戦っているディーナ様に目を向けた。

無駄だと分かっていながら、動物の死体に斬撃を繰り出す彼女は、少し焦っているように見える。

『何故、倒せないんだ!?』と言わんばかりに、彼女は目を吊り上げた。

何故、あんなに取り乱しているのかしら……？

見たところ、怪我をしている訳でも、体力が限界に差し掛かった訳でも無さそうなのに……。

『ディーナ様らしくない……』と心配する私は、僅かに眉尻を下げる。

ここ最近、ずっと様子のおかしい彼女を思い返し、言い様のない不安に襲われた。

出来ることなら、ディーナ様の周りにも結界を張って、安全を確保したいけど……あちこち動き回るものだから、座標を固定出来ないのよね。

『はてさて、どうしたものか……』と思い悩む私は、一つ息を吐く。

ディーナ様の実力なら、問題ないと分かっていても、不安は拭い切れなかった。

だって、相手は動物の死体……未知の生物なのだから。

『想定外の事態に発展しても、おかしくない』と用心する中――――視界の端に赤い光を捉える。

興味を引かれるまま、そちらに視線を向けると、横一列に並ぶ動物の死体たちが目に入った。

立ち位置から察するに、先程まで結界を攻撃していた集団と見て、間違いないだろう。

静かにお座りする彼らを前に、私は『何故、いきなり攻撃をやめたのだろう？』と困惑する。

――――と、ここで私はある異変に気がついた。

「動物の死体たちの目が――――赤く光っている……」

目を疑うような光景に唖然とする私は、思わず一歩後ろへ下がる。

『色とりどりの瞳は何処へ……』と絶句する中、動物の死体たちは大きく口を開けた。

――――かと思えば、勢いよく黒い液体を吐き出す。

泥のようにドロリとした液体は、結界に飛び散り――――表面を溶かした。いや、腐らせたと
言った方が正しいかもしれない。

「っ……!?　ど、どうして結界が……！」

「シャーロット嬢の張った結界でも、防げないの……!?」

「それじゃあ、私達はどうすればいいの!?」

半狂乱になりながら、不安を叫ぶ一般生徒は今にも泣き出しそうだった。

カタカタと震える体を抱き締め、彼女たちは『うっ……！』と呻（うめ）く。

どうやら、穴から吹き込む悪臭に四苦八苦しているようだ。

結界で臭いを遮断していたから、余計ダメージが大きいようね……心做（こころな）しか、さっきより酷くなっているような気もするし。

吐き気を催すほどの悪臭に、私は思わず涙目になる。

『臭い一つでこんなに気分が悪くなるものなのか』とある意味感心しながら、一つ息を吐いた。

せり上がってくるものを何とか抑え、私はチラリとディーナ様に目を向ける。

あっちは……大丈夫そうね。

黒い液体を吐かれた形跡もなければ、目が赤く光っている様子もない。

まあ、物理攻撃はまだ続いているようだけど……。

「それにしても、困ったわね……まさか、物を腐らせる能力まであるなんて……完全に予想外だわ」

『再生能力だけでも厄介なのに……』と嘆きながら、私は肩を落とした。

なんだか悪夢を見ているような気分になり、思わず溜め息を零す。

でも、落ち込んでいる暇はないため、何とか己を奮い立たせた。

様子を見る限り、腐敗能力を使えるのは赤い目になった者達だけ……他の者達も使える可能性が高いけど、赤い目にならないと無理だろう。

もし、そうなら結界は解かずに赤い目をした者達の牽制だけ、しておいた方がいいかもしれない。

考えなしに結界を解いても、被害が拡大するだけだから……。

私以外に動ける人が居れば、話は別だけど……皆、正気を保つのに精一杯なのよね。

風紀委員会のメンバーも、一般生徒を守ろうと身構えているけど、腰が引けているし……。

スカーレットお姉様やサイラス先生は比較的冷静だけど、どう動くべきか悩んでいるみたい。

状況悪化のリスクを考えると、安易に『協力する』とは言えないようだ。

決断を躊躇う二人の姿に、私はそっと眉尻を下げる。

『正直、私もどう転ぶか分からないのよね……』と苦笑しつつ、前方に手のひらを向けた。

侵入を図る動物の死体たちと向き合い、私は表情を引き締める。

『攻め込む隙を与えてはならない』と自分に言い聞かせ、彼らの動向に目を光らせた。

目はまだ赤いまま……いつ黒い液体を掛けられても、おかしくはない。ここは先手を打つべき……？

『変に刺激しない方がいいだろうか……』と悩む私は、決断を躊躇う。

迷っている暇はないと分かっていても、慎重にならざるを得なかった。私の判断一つで、戦況が変化するから……。

最善の方法を探る私は長考の末――一つの決断を下す。

後手に回るのもダメで、相手を攻撃するのもダメなら――。

「防御を固めるしかない――《ウインドメンター》」

言霊術で風魔法を展開した私は、空気の流れに干渉する。

結界に開いた穴を塞ぐように、小さな竜巻を発生させ、侵入を拒んだ。

これで、少しは時間を稼げる筈……また新しい穴を開けられたら、無駄になるけど。

まあ、そのときは同じ手を使って、塞げばいいか。

問題は――動物の死体たちが竜巻を警戒するか、どうか……。

本能的に危険だと感じ取って、避けてくれればいいけど……。

「――って、そう簡単に上手くいく訳ないわよね」

『当てが外れた』と嘆く私は、思わず頬を引き攣らせた。

目の前に広がる異様な光景を前に、私は吐き気を覚える。

だって――千切りのように細かくなった肉片を見るのは、初めてだから。

もはや、原形すら止めていないソレは竜巻に突っ込んだ動物の死体たちによる血肉だった。

まあ、当の本人たちは再生能力のおかげで、ピンピンしているが……。

傷つくことに迷いも、躊躇いもない……どうせ直ぐに治るとはいえ、これは異常だわ。

『恐怖心というものがないのかしら？』と疑問に思いつつ、私は危機感を抱く。

負傷することに抵抗がないなら、どんな小細工をしても無駄だから。

捨て身で対応されたら、侵入を拒むことは出来ない……。

『本当に厄介な相手だ』と嘆く私は、竜巻の向こうからやってきた動物の死体たちに目を向けた。

全ての傷が完治し、元の姿を取り戻した彼らはグルルルと低く唸る。

そして、一歩前へ出ると――大きく口を開けた。

『まさか……！』と思った時には、もう遅くて……黒い液体を噴射される。

それぞれ別々の方向へ飛ばされた液体を前に、私は直ぐさま結界を展開した。

『出し惜しみしている場合ではない』と祈願術を使用したおかげか、発動が間に合う。

あちこちに顕現した小さな結界は、黒い液体による被害を見事防いだ。

と言っても、腐敗能力を克服した訳ではないが……。

我々の身代わりとして、結界は完全に腐って（溶けて）しまっている。あれでは、再利用も出来ない。

まあ、とりあえず……皆、無事で良かったわ。

一歩間違えれば、大惨事になっていたから……。

『久々に焦った……』と冷や汗を流す私は、小さな結界だけ解除した。

最初に張った大きな結界はそのままに、次の手を考える。

「黒い液体を防ぐには、相手の射程圏内から出るのが一番ね。さっきと同じように、全ての攻撃を防ぎ切れるとは限らないし……多少強引にでも、遠くへ行ってもらいましょうか――《ウインドストーム》」

風の中級魔法を展開した私は、一瞬にして強風を巻き起こした。

乱れる髪を手で押さえつつ、動物の死体たちを吹き飛ばす。

刹那、彼らの体は宙を舞い、遠くへ飛ばされた――が、しかし……去り際に黒い液体を放つ。

『転んでも、ただでは起きない』とでも言うべきか、面倒なものを置いていった。

「っ……！　風のせいで液体が散らばって、座標を上手く割り出せない……！」

四方八方へ散らばっていく黒い液体を前に、私は判断に迷う。

『いっその事、もう一つ大きな結界を張るか？』と考える中、視界の端に——赤い目を捉えた。

嘘……腐敗能力を使える集団はさっき吹き飛ばした筈なのに、何で……？

まさか、別の集団が赤い目に変わったの……？　もし、そうなら——かなり危険かもしれない……！

『赤い目＝腐敗能力を使える状態』という仮説が正しければ、追加攻撃を受ける可能性があるから……！

『最低でも、あと二枚結界を張らないと……！』と焦りながら、私は言霊術を使用した。

まずは落下位置の読めない黒い雨を防ぐため、広範囲に渡る結界を張る。

続いて、新しく出来た赤い目の集団を囲う形で、もう一枚展開した。

——と同時に、黒い雨が結界に降り注ぎ、表面を腐らせる。

先に展開した結界は穴だらけとなり、あっという間に使い物にならなくなった。

『黒い雨、恐るべし……』と青ざめる中——最後に展開した結界も、溶かされる。

至近距離で集中砲火を受けたせいか、崩壊寸前だった。辛うじて原形を止めているに過ぎない。

人間に向かって、集中砲火でもされたら堪ったものじゃないわね……最悪、即死も有り得るわ。

ドロドロに溶けた死体を想像し、私は思わず身震いした。

——と、ここで複数の足音を耳にする。

こちらに向かっているのか、音は徐々に大きくなっていった。

風紀委員会の男子メンバーが、近くまで来ているのかしら……？　それとも、さっき吹き飛ばした動物の死体たち……？

『前者だったら良いのだけど……』と思案しつつ、私は周囲を見回す。

音の方向を探るように耳を澄ますと、大きく揺れる草木の音が聞こえた。

反射的にそちらへ目を向けた私は、ゴクリと喉を鳴らす。

ガサガサと揺れる茂みを前に、『味方でありますように』と願った。

刹那――――青々と生い茂る草木の間から、何かが飛び出す。

見覚えのある赤い光を目にした私は、慌てて態勢を整えた。

敵の到着の方が早かったか。

味方も直ぐに駆け付けてくれると思うけど……正直、ちょっと挫（くじ）けそうだわ。でも、戦うしかないわよね。

薬草採取チームを守れるのは、私しか居ないのだから……。

見事期待を裏切られた私は落胆しつつも、きちんと気持ちを切り替える。

そして、左目のない狼に手のひらを向けると、奴の背後からゾロゾロと仲間たちが現れた。

案の定とでも言うべきか……全員動物の死体で、強烈な悪臭を放っている。

外見の特徴や動物の種類からして、先程吹き飛ばした集団と見て、間違いないだろう。

『新たに腐敗能力を得た集団も含め、また遠くへ飛ばそうか』と思案する中、動物の死体たちは大きく口を開けた。

かと思えば――――グインッと勢いよく顔の向きを変え、ディーナ様の方を見る。

ちょっと待って……まさか、この子達――――ディーナ様に集中砲火するつもり!?

いくら風紀委員長といえど、彼らの腐敗能力には敵(かな)わない筈……！

さっきより数も多いし、火力だって半端じゃないと思うわ……！

『どうしよう……!?』と狼狽える私は、慌てて手の方向を変えた。

ディーナ様に照準を合わせようとするものの……前後左右へ動き回るものだから、狙いを定められない。

だからと言って、大きめの結界を張れば動物の死体たちまで囲ってしまう恐れがあった。

『敵との距離が近い分、範囲を絞らないと……』と焦る私は、必死に思考を巡らせる。

どう動くべきか決め兼ねていると――――複数の人影が、前を横切った。

「!!」

見覚えのある黒髪と金髪を目にした私は、驚愕(きょうがく)のあまり固まる。

目を見開いて立ち尽くす私の前で、颯爽(さっそう)と現れた二人は動物の死体たちに剣先を向けた。

かと思えば、目にも留まらぬ速さで顔を切り裂き、腐敗能力を封じる。

上唇と下唇を引き離す形で真っ二つにされた動物の死体たちは、地面に倒れ込んだ。

それでも、何とか黒い液体を発射するものの……ディーナ様には届かない。ただただ黒い液体を垂れ流すだけだった。

なるほど……！　黒い液体を上手く飛ばせないよう、口を切り裂けば良かったのか！

防ぐことばかりに気を取られて、発射妨害なんて思いつかなかった……！

『守るという行為に固執していたのかも……』と反省する私は、彼らの機転に舌を巻いた。

素直に感心する私を他所に、切り裂かれた動物の死体たちは回復を果たす。

低い声でグルルと唸る彼らの前には、剣を構える二人の青年が居た。

「すまない、シャーロット嬢。少し遅れた」

「これだけの数を相手にするのは、大変だっただろう？　よくここまで持ち堪えてくれた」

動物の死体たちに睨みを利かせるグレイソン殿下とナイジェル先生は、実に頼もしかった。

二つの大きな背中を前に、私はホッと胸を撫で下ろす。

パニックを起こす一般生徒も、援軍の到着にホッとしたのか、肩の力を抜いた。

まだ体の震えは残っているものの、先程より顔色は良い。少なくとも、貧血で倒れるレベルではなかった。

良かった……これで少しは安心して、戦える。

僅かに表情を和らげる私は、不安要素が一つ消えて安堵する――――のも束の間……ドタドタと騒がしい足音を耳にした。

……ん？　あれ？　もしかして、まだ増援が来るの？　グレイソン殿下とナイジェル先生だけでも、充分なのに……？　狩りチームの護衛は、どうなっているの……？

コテリと首を傾げる私は、おもむろにナイジェル先生へ目を向ける。

なかなか事態を呑み込めずにいる私に、彼は悪戯っぽく微笑んだ。

「疲れているところ申し訳ないけど、君にはまだまだ頑張ってもらうよ――――守るべきものと倒すべきものが、もっと増えるからね」

どこか含みのある言い方で断言したナイジェル先生は、足音の鳴る方向へ目を向ける。

刹那――――少し離れた場所にある茂みから、色んなものが飛び出した。

真っ先に目に入ったのは、ジェラール先輩率いる風紀委員会のメンバーと狩りチームの一般生徒、それから――――優に二十を超える、動物の死体たち……。

動物の種類や怪我の状態から察するに、恐らく薬草採取チームを襲った者達ではないだろう。

となると、必然的に敵の数が増える訳で……意図せず仲間と合流させてしまった事実に、目を剝く。

『もっと増える』って、こういうこと……!? これじゃあ、応援を呼んだ意味が……！

でも、増援無しで皆を守り切れる自信はない……なら、現状を受け入れるしかないわね！

『助けに来てくれただけでも、有り難く思わなくては』と自分に言い聞かせ、気持ちを切り替えた。

何とか平静を保つ私は一度深呼吸してから、ナイジェル先生に向き合う。

「私の力がどこまで通用するかは分かりませんが――――最善を尽くします」

未知の生物を相手取る以上、過信や慢心は命取りとなるため、謙虚な姿勢を貫いた。

コクンと大きく頷くナイジェル先生を前に、私は言霊術で植物関連の中級魔法を発動する。

そして、地面に生えた草や蔓を操ると、狩りチームの周囲に居る動物の死体たちを吊るし上げた。

手足を縛る植物に四苦八苦する彼らは、身じろぎする。

まともに動けない動物の死体たちを他所に、狩りチームのメンバーはこちらへ駆け寄ってきた。

「援護、感謝するッスよ！　めちゃくちゃ助かったッス！」

狩りチームを代表してお礼を言うジェラール先輩は、ニカッと笑う。

キラリと光る白い歯を前に、私は首を横に振った。

「礼には、及びません。それより、結界を張るので少しの間だけ、動かないでください。範囲を固定しづらいので」

『ディーナ様のように動き回られては堪らない』と、私は注意を促す。

指示通り大人しくなった彼らを前に、直ぐさま結界の構築に取り掛かった。

指先から魔力の糸を出し、素早く魔法陣を完成させた私は、狩りチームの足元にソレを展開する。

そして、瞬く間に巨大化した魔法陣に大量の魔力を注ぎ込み、急いで発動した。

無事顕現した半透明の結界は、あっという間に狩りチーム全体を包み込む。

「広範囲に渡る結界をたった十秒で、構築するなんて……さすがッスね！」

「お褒めの言葉、ありがとうございます。でも、油断しないでください。動物の死体たちの腐敗能力で、溶かされる可能性があるので……」

「了解ッス！」

腐敗能力のことはジェラール先輩たちも把握しているのか、すんなりと首を縦に振る。

『あれ、めちゃくちゃ厄介ッスよね』と零すジェラール先輩は、肩を竦めた。

同じ認識を持つ彼に、私はコクリと頷いて共感を示す。

「そう言えば、狩りチームに怪我人は居ませんか？　黒い液体が掛かって、皮膚を溶かされたとか……」

「今のところ、大丈夫ッス！　誰も怪我してません！　心配してくれて、ありがとうッス！」

白い歯を見せてニカッと笑うジェラール先輩は、太陽のように眩しかった。

『相変わらず、元気いっぱいだな』と苦笑する私を他所に、彼はふと銀髪の美女に目を向ける。

「ところで――――委員長は一体、何をしているんスか？　指揮を取らずに前線に出るなんて、珍しいッスね」

『何かの作戦ッスか？』と尋ねるジェラール先輩は、何の気なしにこちらへ視線を向ける。

ディーナ様のことを信用しているからこそ、独断行動しているとは微塵も思っていないようだ。

まあ、私も逆の立場だったら、きっと同じように考えただろうけど……。

今だって、『実は何か深い考えがあるんじゃないか』と思っているし……。

『敵を騙すにはまず味方から……だったら、いいな』と考えつつ、私は一つ息を吐く。

純粋無垢な眼差しを前に、居た堪れない気持ちになりながら、私はゆっくりと口を開いた。

「ディーナ様の行動の意図は、私にも分かりません。いきなり、飛び出していってしまったので……」

「えっ……？」

「一応、何度も呼び掛けているのですが、反応もありませんし……独断専行と捉えるのが、普通でしょう」

「ちょっ……嘘ッスよね!? 委員長に限って、それは……！」

反射的に反論を口にするジェラール先輩は、『有り得ない』とでも言いように頭を振った。

動揺を隠し切れない彼の姿に、私はそっと眉尻を下げる。

「私もそう思いたいです……でも、風紀委員長としての役目を放棄したのは事実です」

「そ、そんな……」

ショックを受けたように俯くジェラール先輩は、表情を曇らせる。

尊敬する先輩の愚行に呆然とし、なかなか現実を受け止めきれないようだ。

「シャーロット嬢一人で対応していたのは、そういうことか……」

「現場の指揮を取る者が居なくて、みんな動けなかったんだろうね。シャーロット嬢のように自分で考えて、動ける者は稀だから。緊急事態となれば、尚更」

傍で話を聞いていたグレイソン殿下とナイジェル先生は、小さな溜め息を零す。

ショックより落胆の方が大きいのか、二人とも何とも言えない表情を浮かべていた。

やれやれといった様子で肩を竦め、互いに顔を見合わせる。

「それで――――どうしますか？ 強硬手段に出てもいいなら、連れ戻すことは出来ますが……」

グレイソン殿下は剣身に付着した血液を振り払いつつ、ナイジェル先生に指示を仰ぐ。

『許可して頂ければ、俺がやりますよ』と申し出る彼に、ナイジェル先生は小さく首を横に振った。

「いや、とりあえず放置でいいよ。さすがにディーナ嬢のお守りまでしている余裕は、ないから。

幸い、怪我はしていないようだし、自分の力で頑張ってもらおう」

「分かりました」

ナイジェル先生の言い分に『一理ある』と判断したのか、グレイソン殿下はすんなり納得した。

かと思えば、無駄のない動きで動物の死体を片っ端から薙ぎ払う。

ディーナ様を連れ戻すという指令が出なかったため、護衛としての任務に戻ったようだ。

ディーナ様のことが心配だから、個人的には連れ戻して欲しかったけど……リスクや手間を考えると、放置が一番よね。

戦闘経験のない弱者ならまだしも、ディーナ様は大人顔負けの実力者だし……まあ、だからこそ厄介なのだけど。

だって、何とか連れ戻せたとしても、また単独行動に走る危険性があるから……。

見張りをつけるにしても、ディーナ様より強い者を配置しないといけないため、戦力が分散してしまう。

ただでさえ、人手不足なのにそれは厳しい……。

『一人でも欠けたら、困る』と考えながら、私は静かにナイジェル先生の意見を支持する。

と、次の瞬間────植物に手足を拘束されていた動物の死体たちが、動き出した。

無為無策(むいむさく)に暴れるのはやめたようで、腐敗能力で植物を溶かす。

そして、無事に体の自由を取り戻した動物の死体たちは、直ぐさま態勢を立て直した。

グルルルと低く唸り、タイミングを見計らったように一斉に襲い掛かってくる。

物凄い勢いで迫ってくる動物の死体たちを前に、ナイジェル先生は剣を振り上げた。

「――――総員戦闘準備！　風紀委員会のメンバー以外でも、戦える者は戦ってくれ！」

有志を募るナイジェル先生の呼び掛けに、数名の一般生徒が応じる。

志願者の中には、アイザック様や姉の姿もあり、実に頼もしかった。

立場上、無理が出来ないレオナルド皇太子殿下や戦闘能力の劣る生徒は参加を断念しているようだが、戦力差は充分埋められる。

『これで風紀委員一人一人の負担を減らせる』と安堵していると、彼らは結界の外へ出る。

そして、情け容赦なく牙を剝く動物の死体たちに、果敢に立ち向かった――ものの、事態はなかなか好転しない……。

終わりの見えない戦いに、誰もが神経をすり減らしていった。

人員を補充したから、戦闘は随分と楽になったけど……長期戦に持っていかれると、やっぱり厳しい。

「早急に動物の死体の弱点、もしくは再生能力の攻略方法を見つけないといけませんね……」

『魔力と体力にも、限界があるし……』と呟く私は、必死に思考を巡らせる。

悩ましげに眉を顰める私に、ナイジェル先生はスッと目を細めた。

「そうだね。でも、生徒の安全が最優先だから、様々な仮説を立てる余裕も検証する余力もないんだ」

困ったように眉尻を下げるナイジェル先生は、攻撃のために踏み出した一歩を引っ込める。

そして、一般生徒に襲い掛かった動物の死体を薙ぎ払った。

確かに……ナイジェル先生の言い分にも、一理ある。

私達はどうしても、守り重視の戦いになるため、攻撃や分析はほとんど出来ない……。

無理にでもしようと思えば、一般生徒の護衛が疎かになる……その結果、誰かが命を落としたら悔やんでも悔やみきれない。

『やっぱり、防御には手を抜けない……』と思い至り、私は頭を悩ませた。

早くも思考が行き詰まる中、ナイジェル先生はふと後ろを振り返る。

「せめて、一般生徒の安全を確保できたら良かったんだけど……」

穴だらけの結界を前に、ナイジェル先生は悩ましげに眉を顰めた。

どうやら、『戦闘メンバーの負担を減らせば、攻撃や分析に専念できる』と考えているらしい。

確かに一般生徒の安全を確保し、護衛しなくても済むようになれば、戦闘メンバーは安心して戦えるけど……あの腐敗能力をどうにかしないことには、何も始まらない。

でも、普通の対応策では到底太刀打ち出来ないのよね……通常より強化した結界を破るくらいだから。

「――――もし、可能性があるとすれば……アレだけよね」

脳裏に思い浮かんだ考えを反芻し、私はグッと目を瞑る。

準備に必要な時間や残りの魔力量を推し量りながら、『どうするべきか』と自分に問い掛けた。

でも、答えは一向に見つからない……。

煮え切らない思考に嫌気がさしつつ、私はふと目を開けた。

目の前にはナイジェル先生の姿があり、無駄のない動きで剣を振るっている。

いつもより大きく見える背中は、実に頼もしくて……安心出来た。

あっ、そうだわ――ナイジェル先生に判断を仰ぎましょう。

別に一人で悩む必要はないのだから。

何より、これは林間合宿の参加メンバー全員に関わることだもの。尚更、相談するべきよ。

ようやく思考が一つにまとまった私は、ゆっくりと顔を上げる。

『一人で抱え込まなくてもいい』と分かったおかげか、不思議と気持ちは軽かった。

「あの、ナイジェル先生……一般生徒の安全を確保する方法についてですが――実は一つだけ、心当たりがあります」

硬い声色で言葉を紡いだ私は、キュッと口元に力を入れる。

緊張のあまり表情が強ばる中、ナイジェル先生は勢いよくこちらを振り返った。

驚愕の表情を浮かべるナイジェル先生は、ガーネットの瞳に僅かな期待を滲ませる。

「シャーロット嬢、それは本当かい……？」

神妙な面持ちでこちらを見据えるナイジェル先生は、ゴクリと喉を鳴らした。

緊張しながらも静かに返答を待つ彼に、私はコクリと小さく頷く。

「ええ。と言っても、あくまで可能性の段階に過ぎませんが……それなりにリスクもありますし」

「リスク……？」

「はい。まず――失敗しても、成功しても魔力の大量消費は避けられません」

『長期戦になったら、不利になる』と明かし、私は説明を続けた。

「また、私はこの方法を実践している間、魔法の使用を制限されます。基本的に初級魔法しか、使えません。魔術を駆使すれば、中級魔法も一応使えますが……発動までに大分時間が掛かります」

『魔法陣を描く必要がある』と匂わせる私は、考え得る限りのデメリットを語り終えた。

黙って話を聞いていたナイジェル先生は、顎に手を当てて考え込む。

「なるほどね……話は理解したよ。正直、シャーロット嬢の援護が期待出来ないのは、とんでもない痛手だ。でも、一般生徒の安全を確保出来る可能性があるなら、試してみる価値はあると思う」

一つ一つ言葉を選びながら、ナイジェル先生は自分なりの見解を述べた。

かと思えば、難しい顔つきでそっと目を伏せる。

「ただ、即決は出来ない。まだ具体的な話や使用方法について、聞いてないからね。だから、教えて欲しい――それはどんな方法なんだい？」

真っ直ぐにこちらを見据えるナイジェル先生は、直球で質問を投げ掛けてきた。

この場に居る全員の命が懸かっているせいか、いつになく慎重な姿勢を見せる。

『高度な技術や知識を要求される内容なのか』と身構えるナイジェル先生に、私はこう答えた。

「別に難しいことでは、ありません。方法は至って、単純――より強力な結界を張り、一般生徒の安全を確保する……それだけです」

私は分かりやすい理屈を並べると、緊張しながらも一歩前へ出る。

そして、怪訝そうに眉を顰めるナイジェル先生に、本題を切り出した。

「ナイジェル先生、私は――――腐敗能力の対抗策として、結界属性の最上級魔法を使用することを提案します」

『もちろん、発動・保持は私がやります』と付け加え、ナイジェル先生の反応を窺う。

鳩が豆鉄砲を食ったような顔で固まる彼は、困惑気味に瞬きを繰り返した。

恐らく、突拍子もない提案に心底驚いているのだろう。

最上級魔法といえば、上級魔法の更に上だから動揺するのも無理はない。帝国内でも、使用出来るのは極少数だ。

「さ、最上級魔法だって……？　上級魔法ではなく……？」

「はい。まだ数回しか使ったことがないので、『必ずしも、発動に成功する』とは言い切れませんが……」

『最上級魔法を使う機会なんて、ほとんどなかったし……』と、私は小さく肩を竦めた。

『最後に使ったのはいつだったか』と記憶を遡る私の前で、ナイジェル先生は苦笑を漏らす。

「そ、そうか……シャーロット嬢は本当に規格外だね」

褒め言葉と捉えていいのか分からない発言をすると、ナイジェル先生は暫し黙り込んだ。

考え込むような仕草を見せつつ、チラリと戦闘メンバーに目を向ける。

今も懸命に戦い続ける彼らは、手を休めることなく、剣と魔法を振るっていた。

戦況は良くも悪くも変化なしだが、こちらは確実に体力と魔力を削られている。

ここで何か策を講じなければ、状況は不利になる一方だろう。

『戦線崩壊も時間の問題だ』と思案する中、ナイジェル先生はふと顔を上げた。

「最上級魔法の結界を使用するか否か決断する前に、一つ聞かせて欲しい。最上級魔法を使うことで、シャーロット嬢に掛かる負担や難点は本当に魔法の制限だけかい？　もし、他にもあるなら正直に言って欲しい」

『嘘はダメだからね』と釘を刺しつつ、ナイジェル先生はスッと目を細める。

真剣味を帯びた瞳に見つめられ、私はちょっと息が詰まった。

別にやましいことなんて、何もないのに……。

「……本当に魔法の制限だけです。他には、ありません」

ナイジェル先生の放つプレッシャーがあまりにも強烈すぎて、緊張感を煽られてしまった。

多少声を上擦らせながらも、私はきちんと質問に答えた。もちろん、嘘はついていない。

発言の真偽を問う鋭い視線に、ちょっと怯みそうになるものの……決して目を逸らさなかった。

『本当のことしか言ってない』と態度で示すこと一分……ナイジェル先生はようやく表情を和らげる。

重苦しい空気も霧散し、ホッと息を吐く中、彼はゆっくりと口を開いた。

「分かった。では――――シャーロット嬢の提案を受け入れよう」

熟考の末、最上級魔法の使用許可を出したナイジェル先生に、もう迷いはない。

実際どう思っているのかは分からないが、決して不安を表に出さなかった。

いつものように柔らかい笑みを浮かべ、余裕ありげに振る舞う。

「それじゃあ、早速で悪いけど、最上級魔法の結界を張ってくれるかい？」

「はい。お任せください」

『最善を尽くします』と告げると、私は直ぐさま準備に取り掛かる。

ナイジェル先生の信頼と期待に応えるため、出来る限り魔力を掻（か）き集めた。

『失敗は許されない』と自分に言い聞かせながら、私は指先から魔力の糸を出す。

最上級魔法の発動には、魔法陣と長文詠唱が必要とされる……魔術と言霊術を併用しなければ、術者に大きな負担が掛かるから。

特に今回は効果範囲が広いため、手間を惜しむ余裕はなかった。祈願術での発動など、以（もっ）ての外（ほか）である。

『他属性の最上級魔法なら、もう少し楽なのだけど……』と零（こぼ）しつつ、私は魔法陣を構築した。

文字や数字の羅列をしっかり確認し、足元にソレを広げる。

薬草採取チームと狩りチームの一般生徒（非戦闘要員）を包み込んだ魔法陣は、キラキラと輝いた。

「内と外を隔てる壁　現実から切り離された空間　我は全ての害悪を防ぐ守護を望む者なり　今こそ境界に一線を引き　万物を遮断する盾となれ」

滑舌に気をつけながら、私は長文詠唱に取り掛かる。

秒単位で消えていく魔力のことを考えて集中していると、動物の死体たちが一斉にこちらを向いた。

本能的に危機を察知したのか、凄まじいスピードで迫ってくる。

最上級魔法の発動を阻止しようと画策する動物の死体たちに、真っ先に立ち向かったのは
――ナイジェル先生だった。

「各員に告ぐ！　魔法陣に動物の死体を近づけるな……！　全力で守ってくれ！」

片っ端から動物の死体たちを切りつけ、ナイジェル先生は端的に指示を飛ばした。

前線で戦う生徒達は指揮官の言葉に従い、陣形を変える。

多少守る範囲は広くなるものの、『一時的なものだから』と皆、踏ん張った。

彼らの頑張りを無駄にしないよう、私は慎重に言葉を紡ぐ。そして、ついに最後の一文となった。

『やっと、ここまで……』と気が緩みそうになるが、何とか我慢し、大きく息を吸い込む。

「――《ユニバースブロック》！」

半ば叫ぶようにして長文詠唱を終えると、魔法陣は煌めいた。

――かと思えば、薬草採取チームと狩りチームの一般生徒を取り囲むように光の壁が現れる。

半円状に広がるソレは、ちょっとだけ神々しく感じた。

『綺麗……』と呟く誰かの声を最後に、最上級魔法の結界は完成する。

発動は無事成功したみたいね。問題は黒い液体を防げるかどうかだけど……。

一気に大量の魔力を消費した私は、喪失感にも似た感覚に陥りながら、周囲を見回した。

『どの個体でもいいから腐敗能力を使ってくれ』と願う中、兎の死体が口を開ける。

そして、光の壁に向かって黒い液体を吹きかけた。

「――――良かった……腐ってない」

傷一つない光の壁を目の当たりにし、私は安堵の息を吐く。

決して油断は出来ないが、腐敗能力の対抗手段を得たのは大きかった。

まあ、最上級魔法というだけあって、魔力消費のスピードは凄まじいが……正直、長くは持たない。

『魔力切れを起こす前に再生能力をどうにかしないと……』と、私は考えた。

一難去ってまた一難とは少し違うけど、喜ぶ暇もなく別の課題に着手しないといけないのは、ちょっと辛いわね……。

『こんなに忙しい戦闘は初めてよ』と嘆きつつ、通常の結界を解除した。

本当に安全な場所を確保し、歓喜する一般生徒を他所に、私は結界の外へ出る。

――――と、ここで誰かに『シャーロット嬢』と名前を呼ばれた。

「どうして、外に出るんだい？　中から、攻撃した方が安全だろう？」

そう言って、コテリと首を傾げるのは――――レオナルド皇太子殿下だった。

心配そうにこちらを見つめる彼は、『何故、わざわざ危ない場所へ行くのか？』と不思議がる。

光の壁越しに見えるエメラルドの瞳を、私は真っ直ぐに見つめ返した。

「この結界は内外問わず、全ての攻撃を防いでしまうため、中から皆さんを援護出来ないんです。『空間を隔てる』というのが、この魔法の本質なので」

『外界から身を守る普通の結界とは違う』と説明し、私は外に出る必要性について語った。

こちらの言い分を聞き終えたレオナルド皇太子殿下は、悩ましげに眉を顰める。

何か言いたげにしているものの、いい言葉が見つからないのか、口を開くことはなかった。

無言を肯定と受け取った私は、『そういう事なので失礼します』と言って、立ち去る。

心配してくれるのは有り難いが、正直もう待てなかった。

早く皆のサポートに行かないと……魔法の使用制限を受けているから、最前線に出て戦うことは出来ないけど、居ないより良いでしょう。全く戦えない訳では、ないから。

『前に出過ぎないよう注意しながら、動こう』と心に決め、私は周りの様子を窺う。

光の壁に寄り添う形で陣形を整える戦闘メンバーは、まだ防御に専念しているようだった。

どうやら、『一般生徒の安全確保』という役目を放棄していいのか、分からないらしい。

大人しく待機する彼らを前に、ナイジェル先生は剣を振り上げた。

「防御に徹する時間は、終わった！　もう一般生徒を守る必要はない！　思う存分、力を揮ってくれ！――――反撃開始だ！」

精一杯声を張り上げるナイジェル先生は、皆(みな)の手本となるよう先陣を切る。

動物の死体たちに真っ向から立ち向かい、軽やかな身のこなしで斬撃を繰り出した。

一切遠慮のない猛攻に、戦闘メンバーは一瞬呆気(あっけ)に取られるものの、直ぐさま正気を取り戻す。

そして、ナイジェル先生の後を追い掛けるように敵地へ飛び込んだ。

後顧の憂いが絶たれたからか、彼らの動きに迷いはない。

心配になって、こちらを振り返ることも、もうなかった。

「────アース、力を貸して」

最前線から少し離れた場所で、アイザック様は契約した精霊の名前を呼ぶ。

すると、彼の呼び掛けに応えるようにアースくんは姿を現した。

出入り口代わりとして利用した魔法陣を打ち消し、『キュー』と小さく鳴く。

アイザック様の足元に駆け寄り、『来たよ！』とアピールする姿は凄く可愛かった。正直、とても癒される。

「アース、あそこに居る動物たちを攻撃してくれる？　出来れば、色んな方法で」

敵の弱点を探ろうとしているのか、アイザック様はちょっと難しい注文をした。

攻撃手段の多さを問われる命令に、アースくんは即座に従う。

『任せて』と言わんばかりに大きく頷くと、前足を地面に突き立て、土の中に潜った。

刹那────動物の死体たちが立っている地面は盛り上がり、弾け飛ぶ。

見事足場を崩された動物の死体たちは、土の中に埋もれた。

と言うより、土に沈んだと言った方が正しいかもしれない。

あそこの地面だけ、柔らかい土に変えたのかしら？　随分と器用なことをするのね。

元々あったものを変化させるのは、かなり大変なのに……姿形だけならともかく、今回は性質そのものを変えているから、尚更。

アースくんの実力を高く評価する私は、『自分だったら、面倒臭くて新しく土そのものを作って

いる』と考える。

『精霊って、凄いな』と素直に感心する中、アースくんはスポッと地面から顔を出した。かと思えば、更なる攻撃を仕掛ける。

動物の死体たちを容赦なく追い詰める姿は、少しだけ恐ろしかった。

でも、契約主のために頑張っているのかと思うと、可愛くて……恐怖心も吹き飛ぶ。

『可愛いは正義』と心の中で呟く私は、緩む頬を押さえつつ、俯いた。

ふぅ……しっかりしなきゃ。

今はアースくんの可愛さに悶えている場合じゃないわ。戦闘中ということを、忘れちゃいけない。

『集中して』と自分に言い聞かせつつ、気を引き締める。

小さく深呼吸する私は、アースくんが視界に入らないよう気をつけながら、顔を上げた。

そして────偶然、グレイソン殿下を見掛ける。

「《ウォーターアロー》」

言霊術で水の矢を顕現させたグレイソン殿下は、動物の死体たちに斬り掛かった。

剣気で強化した剣と共に、水の矢を浴びせられ、動物の死体たちは戦闘不能になる。

と言っても、直ぐに再生能力で復活するが……。

もう剣気と魔法を併用出来るようになったのね。

学期末テストの際は魔法の発動すら、手間取っていたのに。

きっと、あれからもたくさん練習したのだろう。

特訓の成果を遺憾無く発揮するグレイソン殿下の姿に、私は感銘を受ける。

『面倒臭がり屋の自分とは大違いだ』と痛感する中、視界の端に見慣れた水色髪を捉えた。

極自然にソレを目で追った私は――――煌めく青い炎につい見惚（みと）れてしまう。

だって、思わず吐息を漏らしてしまうほど、綺麗だったから……。

通常より、魔力を大きく注いで火力を上げた結果、青くなったのかしら？　それとも、火炎魔法の中でも強力な蒼炎（ブルーフレイム）を使ったの？

上級魔法に劣らない破壊力を誇る中級魔法を思い浮かべ、私は瞠目（どうもく）した。

『やっぱり、お姉様の実力は侮れない』と再認識する私を他所に、青い炎はパッと弾けるように分裂する。

四方八方へ散らばるソレらは、花びらの形をしており、綺麗だった。

『炎の形をここまでいじれるのか』と感心する中、青い炎はふわりと宙を舞う。

そして、動物の死体たちの周囲を取り囲み、完璧に逃げ道を塞いだ。

かと思えば、徐々に包囲網を小さくしていき、獲物との距離を縮めていく。

やがて、誰かが入り込む隙間もないくらい近づくと――――無数の花びらは容赦なく牙を剝いた。

次々と動物の死体たちに燃え移り、圧倒的火力と数で皮膚を焦がす。

花吹雪（ふぶき）のように綺麗だった包囲網は一瞬にして、火災現場に変わった。

「このまま、燃やし尽くしてやるわ！」

動物の死体たちを指さし、姉は『再生する暇なんて、与えないんだから！』と宣言する。

でも、腐敗能力を使われ、青い炎の包囲網から脱出されてしまった。

ところどころ黒い液体の混じる炎を前に、姉は『嘘でしょう!?』と叫ぶ。

「炎にも効くなんて、聞いてないわよ！　そういうことは、早く言ってちょうだい！」

行き場のない怒りを爆発させる姉は、大きな独り言を零した。

プクッと頬を膨らませる姉の前で、動物の死体たちは態勢を整える。

酷い火傷を負いながらも、挫けない姿に――私は凄まじい違和感を覚えた。

姉も同じく不審に思ったようで、『あれ？』と首を傾げる。

「ねぇ、どうして――傷の治りがこんなに遅いの……？」

『火傷してから、もう二分も経つのに……』と呟く姉は、爛れた皮膚や焦げた毛皮をじっと見つめた。

肉の焼ける匂いを漂わせながら、徐々に塞がっていく傷口は、長い時間を掛けてようやく完治する。

残念ながら、再生能力の無効化は出来ないみたいね。でも、これは大きな収穫よ。

動物の死体たちを倒すヒントに繋がるかもしれない。

少しだけ見えてきた希望の光に、私は安堵の息を吐いた。

まだ手放しで喜べるような状況じゃないが、解決方法を闇雲に探すより、ずっとマシである。

少なくとも、『何をすればいいのか』と迷う必要はなくなった。

それにしても、驚いたわね。こんなに長く戦闘を続けてきて、ようやく判明した弱点が炎だなんて、思わなかったから。

もっと早い段階で分かりそうなものだけど……まあ、仕方ないか。

最上級魔法の使用に踏み切る前は、みんな結界を多用していたから。攻撃なんて、する暇なかったもの。

『私だって、結界ばかり使っていたし』と思い返し、肩を竦める。

『灯台もと暗し』という諺が脳裏を過ぎる中、姉は前方に手のひらを向けた。

「《ファイアランス》」

言霊術で火炎魔法を発動した姉は、炎の槍を顕現させる。

凄まじい熱気を放つソレは、姉の合図で動物の死体たちに迫っていった。

風を切る音と共に勢いよく飛んでいき、狼の死体に見事命中する。

胸に刺さった槍は数秒で消え、火傷という名の爪痕を残した。

「……やっぱり、傷の治りは遅いわね」

火傷を負った狼の死体に注目する姉は、『炎が弱点みたいね』と確信する。

少しずつ塞がっている傷口を一瞥し、姉は手元に視線を落とした。

かと思えば、物凄いスピードで魔法陣を描き上げる。

そして、魔法陣に不備がないか確認すると、直ぐさま発動した。

「────スカーレット・ローザ・メイヤーズより、各員に通達！　敵の弱点は炎です！　火傷のときだけ、再生能力が鈍ります！　ただ、倒すことは出来ません！　再生能力を低下させるだけです！」

『放っておけば、そのうち完治する』と明言し、姉は注意を促す。

拡声用の魔法陣を使用したのか、姉の声は遠くまで響き渡り、皆の耳に届いた。

有力な情報に目を輝かせる戦闘メンバーは、即座に戦法を変える。

我先にと火炎魔法を放ち、動物の死体たちに大打撃を与えた。

あちこちから上がる火柱を眺めながら、私は魔法陣の構築に専念する。

何となく、予想はしていたけど……動物の死体と一緒に、森の一部まで燃えている。

まだ騒ぎ立てるような規模（レベル）じゃないけど、放置は出来ないわ。燃え広がる前に消さないと。

『山火事にでもなったら大変だ』と、私は大急ぎで消火用の魔法陣を作り上げた。

そして、草木に燃え移った炎を順番に鎮火していく。

魔術を利用しているため、手間は掛かるが、魔法の使用制限を受けている以上、仕方なかった。

『贅沢（ぜいたく）を言っていられるような状況じゃない』と自分に言い聞かせ、私は新しい魔力の糸を出す。

それにしても、キリがないわね……消しても消しても、また新しい火災現場を見つけてしまう。

森の中で火炎魔法を使っているのだから、多少は大目に見なきゃいけないけど……さすがに多すぎる。

『扱い切れないほどの火力を出しているのかしら？』と疑問に思う私は、追加の魔法陣を完成させた。

紫色に輝くソレを発動させ、木の枝に燃え移った炎を鎮火する。

モクモクと上がる煙や焦げた痕を見つめ、私は少しの間考え込んだ。

やっぱり、火力が強い。通常の二倍はあると思う。

術者の支配下から外れるのも、納得がいく。

恐らく、この火力のコントロールに慣れていないのだろう。

あちこちに飛び散る火の粉を目で追い、私は一つ息を吐いた。

動物の死体たちを倒すために火力を上げたはいいけど、扱いきれないってところかしら？

もし、そうなら少し困ったことになったわね……だって、フリューゲル学園の生徒が苦戦するほどの高火力なのよ？　それでも倒せないなんて、化け物じゃない。

まあ、『動く死体』という時点で充分化け物だけど……。

『はてさて、どうしたものか』と悩みつつ、私は手元に視線を落とす。

指先から出る魔力の糸を操り、魔法陣の構築に勤(いそ)しんだ。

完成した魔法陣を即座に発動させる私は、終わりの見えない消火活動に辟易(へきえき)する。

でも、一人だけ休む訳にもいかず、同じ作業をひたすら繰り返した。

そして、何度目か分からない消火活動を終えたとき――――ふと姉の姿が目に入る。

誰よりも炎の扱いに長(た)けている彼女は、一目見ただけで高温と分かる青い炎を使いこなしていた。

凄い……火の粉まで、きっちりコントロールしているわ。誰よりも強い炎を使っているのに……。

まるで手足のように炎を扱う姉の姿に、私は唖然(あぜん)とする。

草木に燃え移らないよう、火の始末も徹底しており、火事の心配がなかった。

ゆらりと揺れる青い炎を前に、私は『火炎魔法において、姉の右に出る者は居ない』と考える。

――――でも、動物の死体たちが持つ再生能力には、敵わなかった。

お姉様の実力をもってしても、奴らを討伐するのは難しいらしい。

ここから更に火力を上げれば、可能性くらいはあるかもしれないけど……リスクが大きい。

コントロール出来ずに暴走する恐れがあるわ。

『今だって、結構ギリギリだろうから』と思案する私は、そっと眉尻を下げた。

やっと見つけた希望の光が消えかけているような気がして、焦りを覚える。

『どうにかしなければ』という使命感に駆られ、私は必死に策を練った。

お姉様以上の火力を出すとなると、それこそ上級魔法レベルになる……でも、今の私では使えない。

たとえ、魔術で負担を減らしたとしても、発動は出来ないだろう。無駄に魔力を消費して、終わる未来しか見えない。

『魔法の使用制限さえなければ……』と肩を落とし、私は途方に暮れる。

早くも思考が行き詰まる中、地面に埋もれるアースくんの姿を視界に捉えた。

『キューキュー』と鳴きながら、動物の死体たちを足止めしているアースくんは、相変わらず可愛い……じゃなくて、頼もしい。

きちんと連携を取って動くアースくんに感激する中、ふとある考えが脳裏を過ぎった。

そうだわ！――――不死鳥様と炎の精霊王様に力を貸してもらうのは、どうかしら!?

炎のエキスパートとも言えるお二人に協力してもらえば、動物の死体だってきっと倒せる筈！

たとえ無理でも、『炎じゃ倒せない』という情報を得ることが出来る！

何より、上級魔法を使うより、魔力消費が少なくて済むわ！

「────でも、勝手に実行すれば、処罰は免れない……」

召喚術に関する法律を振り返り、私はどうするべきか思い悩んだ。

現状、召喚術の使用以外に有効な手段は思いつかない。

一応、『最上級魔法の結界を解除し、攻撃に転じる』という手もあるが……失敗したときのリスクが大きい。

魔力の残量にもよるが、もう一度最上級魔法を発動するのは難しいだろう。

展開・発動するだけでも、かなりの魔力を消費するから……。

なので、召喚術を使ってもいい────とは、ならない……。

『ルールはルールだもの』と呟く私は、決断を躊躇う。

迷っている暇など、ないというのに……。

魔力消費と比例して迫ってくるタイムリミットに、私は焦りを覚えた。

『早く手を打たなければ危ない』と分かっていても、なかなか踏ん切りがつかない。

一瞬、ナイジェル先生に相談しようかとも思ったが、距離の関係で無理だった。恐らく、こちらの声は届かないだろう。

『拡声魔法を使って、大っぴらに相談する訳にもいかないし……』と悩む中、私は青い火の粉を目にする。

「っ……！　どうして、倒せないのよ……！　このままじゃ、みんな助からないじゃない！」

苛立たしげに愚痴を零す姉は、手で額の汗を拭った。

そろそろ限界が近いのか、『はぁはぁ』と短い呼吸を繰り返している。先程までの勢いは、もうなかった。

――――でも、まだ戦い続けている。

「スカーレットお姉様は、全員で生還する未来を諦めていないのね」

凛とした面持ちで前を見据える姉の姿に、私は心動かされた。

感動とも尊敬とも言える感情を覚えながら、ようやく覚悟を決める。私の中にもう迷いはなかった。

色んな人に迷惑を掛けるかもしれない。後になって、自分の行いを後悔するかもしれない。様々な機関から、責められるかもしれない。

でも、大事なのは今だから。未来のことは一先ず、置いておく。

だって、まずは助からないと。死んでしまっては、元も子もないわ。だから、私は――――。

「――――召喚術を使うわ」

決意が揺らがぬようにと、私はわざと声に出して意見を述べる。

『さあ、有言実行だ』と自分に言い聞かせ、逃げ道を塞いだ。

自身の両手を見下ろす私は、バクバクと激しく脈打つ心臓に苦笑いする。

『法律を破る』という行為に不安を抱いているのか、手先が少し震えた。

覚悟を決めたとはいえ、やっぱり気が進まないわね……でも、助かるためにはやらないと。

体に走る抵抗感を振り払い、私は指先から魔力の糸を出した。

『ふぅ……』と一つ息を吐き、精神統一すると、召喚用の魔法陣を描く。

今回は個別召喚なので、不死鳥（フェニックス）と炎の精霊王、それぞれ専用の魔法陣を作る必要があった。

二つの魔法陣に神聖文字や精霊文字を加える私は、右へ左へ魔力の糸を動かす。

召喚術に関する記憶を手繰り寄せながら、私は何とか魔法陣を描き終えた。

見慣れない文字の羅列を目で追い、魔法陣に不備がないか確認すると、私は一度深呼吸する。

そして、気持ちを落ち着かせると、二つの魔法陣にゆっくりと魔力を注いだ。

少しずつ失われていく魔力に反して、緊張感はどんどん高まっていく。

目前まで迫った召喚術の行使に複雑な感情を抱く中、全ての準備が完了した。あとは発動するだけである。

紫色に輝く二つの魔法陣を前に、私は今一度覚悟を決めた。

キュッと唇に力を入れ、気合いを入れると、発動に踏み切る。

すると、召喚用の魔法陣は直視出来ないほど強い光を放った。

今更ながら、本当に召喚に応じてくれるのかちょっと不安ね。

宮廷魔導師団本部で会った際は、『いつでも力になる』って言ってくれたけど……その言葉が、今も有効かは分からない。

だって、彼らとは種族も文化も違うのだから……いつ、気が変わってもおかしくないわ。

「あれ？　そう考えると、私の作戦って結構無理があるんじゃ……？」

今になって気づいた問題点に、私は内心頭を抱える。

召喚に応じてくれる前提で考えていたけど、拒否される可能性だって、当然ある……。

もし、そうなったら、私は無駄に魔力を消費した挙句、無意味に法律を破ったことになるわ……。

『それは困る……』と項垂(うなだ)れる私は、何の成果も得られない未来を想像してしまった。

『骨折り損のくたびれもうけ』という諺が脳裏を過ぎり、サァーッと青ざめる。

でも、既に召喚術を行使してしまったため、後の祭りだった。

『もうなるようになれ！』と半ば投げやりになる中────私は見覚えのある手足を目にする。

『もしや……』と僅かな期待を抱いた瞬間、二つの魔法陣から生き物が現れた。

燃える翼と焼けた肌をそれぞれ持つ二人は、以前と変わらぬ姿で笑っている。

「ふ、ふん！　突然呼びつけて、何の用じゃ！　妾(わらわ)はこれでも忙しいのだぞ！」

「嘘を言うな。ここ最近、ずっと暇だっただろ。素直に『会えて、嬉(うれ)しい』って、言えよ」

開口一番に文句を言う不死鳥(フェニックス)に、炎の精霊王はやれやれと肩を竦める。

『可愛げがないぞ』と窘(たしな)め、彼はこちらに目を向けた。

「久しぶりだな、シャーロット。元気にしていたか？」

「体は一応、健康ですけど……元気ではありませんね。ご覧の通り、大変なことになっているので」

挨拶もそこそこに本題を切り出した私は、グルッと辺りを見回す。

美しかった森の風景はもう何処にもなく、焼け焦げた枝や腐った木があるだけだった。

不死鳥と炎の精霊王は、壊れた自然を一瞥すると、動物の死体たちに視線を向ける。

その眼差しは、どことなく冷たくて……ナイフのような鋭さがあった。

息を吞んで二人の様子を見守る中――生徒達は目配せし合う。

「ねぇ、あれって召喚術……だよね？」

「多分……喋る鳥なんて、見たことないし」

「じゃあ、シャーロット嬢はもう二体の召喚者と契約を交わしているってこと？」

「いや、それはないだろ。もし、契約しているなら、名前を呼んで召喚しているだろうし」

「確かに……わざわざ召喚陣を使う必要がないよね」

困惑気味に瞬きを繰り返す彼らは、物事の核心に迫った途端、口を噤む。

誰一人として、『シャーロット嬢は法律を破って、勝手に召喚術を使ったんだね』とは言わなかった。

いや、言えなかったのかもしれない……法律の問題を持ち出して、召喚術の使用を咎めれば、生還率は下がると理解しているから。

少しでも、助かる可能性が上がるなら、多少のことには目を瞑るしかなかった。

もっと騒ぎになるかと思ったけど……皆、案外落ち着いているわね。

伝説クラスの召喚者だって知らないにしても、冷静すぎる。

まあ、こちらとしては嬉しい誤算だけど。

『立て続けに災難に見舞われて、耐性がついたのか』と考えながら、私は視線を前に戻す。

何の気なしに顔を上げると、難しい顔つきで遠くを見る召喚者たちの姿が目に入った。

「ふむ……あれは確かに厄介そうじゃな」

「だが、俺達の敵じゃねぇーよ」

自信ありげに笑う炎の精霊王は、『余裕で倒せる』と主張した。

不死鳥(フェニックス)も同意見なのか、『当たり前だ』と言わんばかりに首を縦に振る。

焦りや不安を全く見せない彼らに、私は心底安堵した。

――――と同時に、自分の判断は間違っていなかったのだと確信した。

不死鳥(フェニックス)様や炎の精霊王様でも太刀打ち出来ない相手だったら、どうしようかと思ったけど……杞憂(きゆう)だったようね。

ゆっくりと肩の力を抜き、私は僅かに表情を和らげる。

ようやく終わりの見えてきた戦いにホッとしながら、私は話を切り出した。

「もう既にお気づきかと思いますが、不死鳥(フェニックス)様と炎の精霊王様をお呼びしたのは、動物の死体をどうにかして欲しかったからです。お恥ずかしながら、私達だけでは力不足だったので……」

未(いま)だに動物の死体を一体も倒せていない事実に、私は複雑な感情を抱く。

自分で発した『力不足』という言葉が胸に刺さり、少しだけショックを受けた。

でも、落ち込んでいる暇はないため、直ぐに気持ちを切り替える。

『今は助かることだけ、考えよう』と思い立ち、私は真っ直ぐに前を見据えた。

「不死鳥様、炎の精霊王様。どうか、お願いです――我々の敵を殲滅してください」

私は命令ではなく、お願いという形で二人に助力を乞う。

深々と頭を下げ、嘆願すると――不死鳥と炎の精霊王はニッコリ笑った。

「うむ！　任せておけ！　塵一つ残さず、消し去ってくれる！」

「ああ、文字通り抹消してやるよ！　存在ごと燃やし尽くして、な！」

嬉々として首を縦に振る二人は、頼もしくもあり、物騒でもあった。

ビックリするほど活き活きしている彼らを前に、私は『やり過ぎないか』と心配する。

二つ返事で了承してくれたのは、嬉しいけど……放っておいたら、一面焼け野原にしそうな勢いね。

ここは釘を刺しておいたほうがいいかもしれない……なんてったって、人の命が懸かっているんだもの。失敗は許されない……。

快く引き受けてくれた相手にあれこれ注文をつけるのは気が進まないけど、だからと言って妥協出来る問題でもなかった。

『万が一のことがあったら困る』と判断し、私はおずおずと口を開く。

「あの……盛り上がっているところ申し訳ありませんが、火力は出来るだけ抑えてください。山火事にでもなったら、大変なので……」

せっかく動物の死体を倒しても、火傷や一酸化炭素中毒で死んだら、元も子もない。

だから、お伺いを立てる形ではなく、断言する形で要望を伝えた。

もし、『嫌だ』と突っぱねられたら困るから……。

反論の余地を与えない私の前で、不死鳥と炎の精霊王は肩を竦めた。

「「なんじゃ、つまらん」」

似たようなセリフを吐く不死鳥と炎の精霊王は、残念そうに振る舞う。

でも、『嫌だ』と駄々を捏ねたり、『命令するな』と反発したりすることはなかった。

案外まともな反応に、私はちょっと拍子抜けしてしまう。

『もっと色々言われると思ったのに……』と驚く私を前に、不死鳥は口を開いた。

「でも、そうなるとトドメは刺せんぞ。アレは山一つ吹き飛ばすほどの高火力で、焼き尽くさなくては倒せないからのぉ」

「もしくは、聖魔法で浄化するしかない。火炎魔法と違って、威力はそこまで必要ねぇーが……浄化は専門外だ」

第二の選択肢を払い除けるように手を振り、炎の精霊王は腰に手を当てる。

燃えるような赤い瞳に苦悩を滲ませ、彼は『どうする？』と視線だけで問い掛けてきた。

決定を丸投げしてきた彼の前で、私は固く口を噤む。

ゆらゆらと瞳を揺らす私は、どうやって動物の死体を倒すか悩む――――訳ではなく、速攻で除外された第二の選択肢について、考えていた。

えっ？　聖魔法って、効くの……？　戦闘向きの属性じゃないのに……？

聖魔法は基本サポート向きの属性で、治癒や強化などの支援魔法が多い。

一応、攻撃用の魔法もあるが、威力は微妙だった。

だから、無意識に『効かない』と思い込んでいたのだが……例外もあるらしい。

まさかの新事実に驚愕する私は、『もっと色んな可能性の有無を疑うべきだった』と少し反省する。

未知の生物を相手取る以上、先入観や偏見は邪魔でしかないから。

『私もまだまだ未熟だな』と肩を竦める中、ふとある考えが脳裏を過ぎる。

あれ？　でも、そうなると……不死鳥（フェニックス）様や炎の精霊王様に頼むより―――。

「―――聖獣様を召喚して、浄化してもらった方がいいんじゃ……？」

『浄化なら、森や人体に影響もないし……』と利点を並べる私は、聖獣召喚の方向に思考が傾いた。

刹那―――不死鳥（フェニックス）と炎の精霊王が噛（か）み付かんばかりの勢いで、反論を口にする。

「あやつの助けなど、必要ない！　妾達だけで十分じゃ！」

「そもそも、あいつは今、忙しいんだ！　呼び出しても、無駄だぞ！」

『このまま何もせず、帰れるか！』と言わんばかりに、二人は声を荒らげた。

あまりの剣幕に気圧（けお）される私は、手汗を掻きながら後ずさる。

伝説クラスの召喚者二人に凄（すご）まれるのは、さすがにちょっと怖かった。

非常に残念だけど、聖獣様を呼び出すのはやめておいた方がいいわね……。

不死鳥（フェニックス）様と炎の精霊王様の不興を買うのは、本意ではないし……。

何より、多忙を極める聖獣様が召喚に応じてくれるかどうか分からないから……まあ、炎の精霊王様が嘘をついていなければ、の話だけど。

でも、無駄に魔力を消費して終わる可能性もある以上、あまり無茶は出来なかった。

最上級魔法の維持と召喚術の行使に使われる魔力を計算しながら、私は一つ息を吐く。

白い毛皮の感触を密（ひそ）かに思い出しつつ、私は聖獣召喚を諦めた。

「分かりました……聖獣様に協力を仰ぐのは、やめておきます」

降参だと言うように両手を上げ、私は小さく肩を竦めた。

素直に意見を受け入れたからか、不死鳥（フェニックス）と炎の精霊王はパッと表情を明るくする。

すっかり機嫌を良くした二人に、私は『分かりやすい方達だな』と苦笑した。

「ところで――お二人は動物の死体について、ご存じなんですか？　奴らの弱点とか、討伐方法とか、色々知っているみたいですけど……」

話題変更がてら、私はずっと気になっていた疑問を二人にぶつける。

『もし、何か知っているなら教えて欲しい』と願う中、不死鳥（フェニックス）と炎の精霊王は顔を見合わせた。

かと思えば、アイコンタクトだけで会話を交わす。

言葉のないやり取りを繰り広げる二人は、やがてこちらに向き直った。

「悪いが、妾達も詳しいことは分からん。立場上、あまりこちらに来ることがない故、俗世に疎いのじゃ」

『期待を裏切るようで申し訳ない』と思っているのか、不死鳥（フェニックス）の声はちょっと暗い。

聖獣召喚に反対した負い目もあり、罪悪感にも似た感情を抱いているのだろう。

明らかにシュンとする不死鳥（フェニックス）を他所に、炎の精霊王は口を開いた。

「ただ――――禁術を使用した黒魔法の一種であることは、確かだぜ。種類までは、分からないけどな」

聞き慣れない単語を連発する炎の精霊王は、ガシガシと乱暴に頭を掻く。

『この程度の情報しか持っていない』と恥じているようで、彼は居心地悪そうに視線を逸らした。

バツの悪そうな顔で俯く彼に、私は慌てて質問を投げ掛ける。

何故なら――――聞いたこともない単語が、彼の口から飛び出したから。

「あ、あの――――禁術って、なんですか？　黒魔法の意味は知っているんですけど、それだけ分からなくて……差し支えなければ、教えてください」

本気で何のことか分からない私は、困惑気味に眉尻を下げた。

戸惑いを露（あら）わにする私の姿に、不死鳥（フェニックス）と炎の精霊王は驚く。

「シャーロットも案外間抜けじゃのぉ。禁術の意味くらい、把握しておけ。知っていて当然のことなんじゃから」

「いや、待て。結論を急ぐな。この場合、時代の流れで禁術の存在が忘れ去られた……もしくは、意図的に歴史から消されたと考えるのが妥当だ」

自分なりの見解を述べる炎の精霊王に、不死鳥（フェニックス）は納得したように頷いた。

「それは一理あるのぉ。アレは危険すぎる……人間には過ぎた代物じゃ」

『存在ごと抹消するべきだろう』と述べる不死鳥（フェニックス）は、スッと目を細める。

蔑みとも悲しみとも捉えられる冷たい眼差しに、私は目を見開いた。

だって、不死鳥のそういう表情は初めて見たから……。

「禁術というのは、随分と危険な代物みたいですね」

「ああ。なんせ――生命を犠牲にして、織り成すものだからな」

サラッと、とんでもないことを口走る炎の精霊王は、無造作に髪を掻き上げた。

あまりの衝撃でピシッと固まる私は、『ぎ、犠牲……？』と目を丸くする。

上手く状況を呑み込めずにいる私に、彼は詳しい説明をしてくれた。

「禁術は、禁忌とされた魔法の発動方法だ。魔術の一種で、魔力の代わりに生贄を捧げて魔法を発動させる。極論、魔力なしでも生贄さえ確保出来れば、魔法を使えるって訳だ」

禁術の恐ろしさを語った炎の精霊王は、『ったく、野蛮だよな』と零す。

呆れにも似た表情を浮かべる彼の前で、私は戦慄した。

足りない分の魔力を、生贄で補うなんて……有り得ない！　鬼畜にも程がある……！

昔の人たちは一体、何を考えていたのかしら……!?

『とんでもないものを生み出してくれたわね』と腹を立てる私は、キュッと口元に力を入れた。

あまりの残忍さに目眩すら覚える中、炎の精霊王はわざとらしく話題を逸らす。

「で、黒魔法の意味は知っているんだったな？」

確認の意味を込めた問い掛けに、私は慌てて返事した。

「は、はい。確か――非人道的だと判断された、魔法の総称ですよね。帝国では、黒魔法の使用を禁止しているので知っています」

『法律にも明記してありますし』と付け足しつつ、私は禁術への不快感を引っ込める。

と同時に、『炎の精霊王様に気を遣わせてしまったな』と反省した。

きっと、私が冷静さを失わないよう、配慮してくれたのだろう。

感情的になっても、いいことはないから。

「よし、黒魔法の認識に違いはなさそうだな。俺達と全く一緒だ」

『説明する手間が省けたぜ』と喜ぶ炎の精霊王は、ニッと白い歯を見せて笑う。

暗い雰囲気を払拭するように、明るく振る舞う彼は優しかった。

「まあ、情報共有はこれくらいにして——————こっから、どうやって動くか決めようぜ。そろそろ、あいつらも限界みたいだし」

『本題に戻ろう』と促す炎の精霊王は、グイッと親指で後ろを指さした。

そこには、動物の死体たちに立ち向かう戦闘メンバーの姿があり、皆『はぁはぁ……』と肩で息をしている。

火炎魔法を多用した影響で、煙を吸ってしまったのか、足元が覚束ない生徒も居た。

他の者達も疲労困憊で、額に汗を滲ませている。

今、まともに動けるのはナイジェル先生とグレイソン殿下だけだ。

「いい加減、方針を決めねぇーと、戦線が崩壊するぞ」

『死体共はまだピンピンしてんだから』と緊張感を煽る炎の精霊王は、こちらに注意を促す。

決断を急ぐ彼に、私は小さく頷いた。

「そうですね……では、こうしましょう――不死鳥（フェニックス）様と炎の精霊王様は、動物の死体たちの牽（けん）制（せい）と時間稼ぎをしてください。周りの被害を考えて、火力は出来るだけ抑えて頂けると助かります」

『お願い出来ますか？』と問い掛ける私は、そっと二人の反応を窺う。

高火力で焼き尽くすという選択肢を外したことに驚いたのか、二人はカッと目を見開いた。

「それは別に構わんが……トドメはどうするんじゃ？」

「まさか、聖獣を呼び出すつもりか？」

見るからに狼狽（うろた）える不死鳥（フェニックス）と不安げに瞳を揺らす炎の精霊王は、食い入るようにこちらを見つめた。

『聖獣様を呼ばれるのはそんなに嫌なのか……』と苦笑する私は、キッパリと否定する。

「いいえ、トドメは――私が刺します」

自身の胸元に手を当てる私は、『聖獣様は呼びません』と再度宣言した。

「お話を聞く限り、浄化ならあまり魔力を消費しなくて済むみたいですし、私一人でも何とかなるかと。まあ、魔法陣を描く必要があるので、多少時間は掛かりますが……」

『効率重視にして、魔力消費を抑えたいし』と考える私は、魔法陣の知識を手繰り寄せる。

浄化魔法の概要を思い返し、どこか削れるところはないか探す中、不死鳥（フェニックス）と炎の精霊王は身を乗り出した。

「待つのじゃ！　それはさすがにシャーロットの負担が大きすぎる！　そなたは既に最上級魔法と召喚術を使っておるのだぞ！」

「そうだ！　幾らなんでも無理がある！　確かに浄化魔法を活用する場合、山一つ吹き飛ばすほどの破壊力は必要ないが、それでも中級魔法程度の威力はいる……！」

無理だと口を揃(そろ)えて言う不死鳥(フェニックス)と炎の精霊王は、必死になって説得する。

『正気か……!?』と言わんばかりに声を荒らげる二人の前で、私は心底ホッとした。

何故なら、中級魔法程度の浄化で問題ないと知ったから。

ある程度のリスクを覚悟していた私にとって、それは朗報だった。

「ご心配いただき、ありがとうございます。でも、問題ありません。魔術を活用すれば、ある程度どうにかなりますので……さすがに上級魔法以上は使えませんけど」

「いや、それでも充分化け物じゃろ」

「お前、本当に人間かよ……精霊でも、そんなこと出来るやつは稀(まれ)だぞ」

心配を取り除いてあげようと笑顔で接する私に、不死鳥(フェニックス)と炎の精霊王は容赦なくツッコミを入れる。そして、『もう勝手にしろ』と匙(さじ)を投げた。

投げやりとも言える反応に、私は目を見開いて固まる。

でも、二人の様子を考えると、『見放した』というより、『諦めた』と言った方が正しいようだ。

あ、あれ……？　もしかして、呆れられている……？　どうして……？

ま、まあ……二人を安心させるという目的は何とか達成したから、別にいいか。

『細かいことは気にしないでおこう』と自分に言い聞かせ、私はコホンッと一回咳払(せきばら)いした。

「では、ご納得頂けたようなので作戦……というか、役割分担はこれで行きます。異論はありませんか？」

『不満があるなら、今どうぞ』と促す私に、不死鳥(フェニックス)と炎の精霊王はフルフルと首を横に振る。

『それでいい』と主張する彼らに一つ頷き、私は顔を上げた。

「じゃあ、浄化用の魔法陣が出来上がるまで、時間稼ぎをお願いします」

「「分かったのじゃ(了解)」」

即座に了承の意を示した不死鳥(フェニックス)と炎の精霊王は、動物の死体たちに向き直る。

さすがは伝説クラスの召喚者とでも言うべきか……戦闘開始を目前に控えても、一切物怖(ものお)じしなかった。

不安そうな素振りさえ見せない彼らは、満を持して戦闘態勢に入る。

不死鳥(フェニックス)は大きく息を吸い込み、炎の精霊王はパチンッと指を鳴らした。

刹那――――不死鳥(フェニックス)の胸毛(肺)は大きく膨らみ、炎の精霊王の手は赤い炎で覆われる。

大量の酸素を取り込んだからか、不死鳥(フェニックス)の体は更に高温になり、近寄ることすら出来なかった。

対する炎の精霊王は、ある程度火力を抑えているようで、熱気もほとんど感じない。

「摩擦を利用して、火を起こすとは随分と古典的な方法じゃな」

「こうでもしないと、火力を落とせねぇーんだよ。炎と相性のいい俺様が普通に火を起こしたら、大変なことになるからな」

瞠目する不死鳥（フェニックス）を前に、炎の精霊王は小さく肩を竦めた。

「それより、もう少し火力を落としたらどうだ？　そのまま火を吹いたら、凄いことになるぞ」

「……そ、それは妾も分かっておる！」

肺を膨らませたまま、ムッとする不死鳥（フェニックス）はフイッと視線を逸らした。

口端から零れる火の粉を足で受け止めながら、不死鳥（フェニックス）はしばらく黙り込む。

恐らく、どうやって火力を落とせばいいのか分からないのだろう。

なんだか、心配になってきたわね……本当に大丈夫かしら？

炎の精霊王様はさておき、不死鳥（フェニックス）様は火力調整が苦手みたいだから……ちょっと不安だわ。

『うっかり、味方を殺しちゃったらどうしよう？』と悩む私は、額に汗を滲ませる。

でも、一度任せると決めた以上、あれこれ口を挟むべきではなかった。

何より、今の私に出来ることはないのだから。

『信じて任せるしかない』という結論に至り、私は自分の作業に戻った。

魔法陣の作成に必要な計算をこなす中、炎の精霊王は一足先に攻撃へ移る。

蛇のようにうねる赤い炎を使い、動物の死体たちに襲い掛かった。

敵の首や足に巻き付く炎は、『実体を持っているのか!?』と疑うほど広がらない。

普通は状況に応じて、炎が大きくなったり、小さくなったりするのに……。

優れたコントロール能力と炎との相性を持つ炎の精霊王だからこそ、出来る所業だろう。

『炎への干渉能力が凄まじい……』と目を見張る中、不死鳥（フェニックス）も少し遅れて参戦した。

目を離した隙に草でも食べたのか、不死鳥（フェニックス）の頬はリスのようにぷっくり膨らんでいる。

『空腹だったのかな？』と首を傾げる私の前で、不死鳥（フェニックス）は僅かに口を開けた。

――かと思えば、拳サイズの球体を吐き出す。

『ファイアボール』を連想させるソレは、真っ赤に燃えながら、動物の死体に直撃した。

その途端、火柱が上がり、あっという間に動物の死体を黒焦げにする。

爆弾のような威力と火力に、私は少し焦るものの……味方に被害はなかった。

恐らく、味方の位置を考えて発射しているのだろう。

――と、思い至ったところで不死鳥（フェニックス）は続けざまに攻撃を放つ。

ポッポッポッポッとテンポよく炎の球を吐き出し、動物の死体たちに差し向けた。

どうやら、肺に溜（た）めてある分の炎をまだ出し切れていないらしい。

『火力が高い分、小出しにしているのか』と推測する中、無数にある炎の球は敵を着実に追い詰めていった。

と言っても、倒した訳ではないが……でも、味方の士気は確実に上がっている。

なんてったって、動物の死体たちが次々と戦闘不能状態に陥っているのだから。

一時的なものとはいえ、負担が減るから随分と戦いやすくなっただろう。

いい感じね。この調子で、あと数分持ち堪（こた）えてくれればいいのだけど……。

『最後の最後で何かあったらどうしよう』と、私は一抹の不安を覚えた。

でも、今の私に出来ることは一秒でも早く魔法陣を完成させることなので、余計なことは考えないようにする。

『集中しなきゃ』と自分に言い聞かせる中、私は浄化用の魔法陣に必要な計算を全て終えた。

そして、手元に視線を落とすと、指先から魔力の糸を出す。

『さあ、一気に魔法陣を描き上げよう』と決意した瞬間――――視界の端にキラリと光る何かを捉えた。

『危険物だろうか？』と疑うよりも先に、私は視線を動かす。

ほぼ無意識にソレを目で追っていた私は、ようやく正体に気がついた。

「――――ネックレス……？」

地面を凝視する私は、ブルーサファイアをあしらった銀色のチェーンに釘付けとなる。

火炎魔法を使用した影響か、草花は燃えてしまったため、ネックレスの細部まで把握出来た。

装飾の出来栄えから、私は『かなり腕のいい職人に作ってもらったものだ』と確信する。

でも、一体誰のものなのか分からなかった。

拾いに行った方がいいかしら……？

でも、今は物の救出より、人の命よね。

落とした人には申し訳ないけど、動物の死体たちの討伐を優先させてもらおう。

僅かな罪悪感を抱えながらも、私は魔法陣の構築に専念する。

――――と、ここで誰かがネックレスに手を伸ばした。

刹那、最上級魔法の結界を張った方角から悲鳴が上がる。

何事かと思い、慌てて顔を上げると――風の槍に貫かれた動物の死体と尻餅をつくアイザック様の姿が目に入った。

えっと……これは一体、どういう状況？

全く状況を呑み込めない私は、脳内にたくさんの疑問符を浮かべる。

でも、アイザック様の手に握られたネックレスと結界の外へ出たレオナルド皇太子殿下を見て、何となく理解した。

恐らく、ネックレスを拾おうとしたアイザック様に動物の死体が襲い掛かり、それをたまたま目撃したレオナルド皇太子殿下が助けたのだろう。

光の壁から出たのは問題なく魔法を使うため、と思われる。

『まあ、とりあえず無事で良かった』と、私は安堵した――が、直ぐに表情を強ばらせる。

何故なら、レオナルド皇太子殿下の背後に熊の死体が素早く回り込んだから。

普通の目をしているので腐敗能力は使えないようだが、退路を塞がれたのは間違いなかった。

『このままでは、結界の中に入れない！』と焦る中――動物の死体たちは一斉にレオナルド皇太子殿下の方へ顔を向ける。

そして、止める間もなく黒い液体を放った。

雨とも津波とも言える集中攻撃に、誰もが顔を青くする。

ま、不味(まず)い……不味いわ！

不死鳥(フェニックス)様と炎の精霊王様のおかげで、現在腐敗能力を使える個体はかなり少ないけど、それでも量が多い！　全てを防ぎ切れる自信はない……！

手元にある完成間近の魔法陣と初級魔法の詠唱を天秤に掛け、私は考えた。

どちらの方が早く発動し、より多くの液体を防げるのか？　と……。

でも、なんとなく……どちらも、間に合わない気がした。

『どうすればいい!?』と自分に問い掛ける中、不死鳥と炎の精霊王はレオナルド皇太子殿下の周りに炎を放つ。

でも、人体への影響などもあり、思うように火力が出せず……手を焼いているようだった。

「っ……！　このままでは、防ぎ切れん……！　こうなったら、高火力で焼き切るしか……！」

「無茶を言うな！　標的と人間の距離が、あんなに近いんだぞ!?　たとえ、直撃しないように調整しても、熱気だけで死んじまう……！」

不死鳥の提案に、炎の精霊王はすかさず反発した。

『人間の脆弱さを舐めるな！』と叫び、ギリッと奥歯を噛み締める。

いい方法がなかなか思いつかないのか、炎の精霊王は初めて焦りを露わにした。

『伝説クラスの召喚者たちでも無理なのか』と絶望する中──動いたのは他の誰でもない、姉だった。

脇目も振らずレオナルド皇太子殿下の下へ駆け寄り、彼を押し倒す。

肉壁にでもなるつもりなのか、姉は一瞬の躊躇いもなく、上から覆い被さった。

さすがに体格差が大きいため、全ての攻撃を防ぐのは難しいが……致命傷は避けられる筈。

少なくとも、命を落とす危険性はほとんどなかった――――レオナルド皇太子殿下は。

スカーレットお姉様は恐らく、助からない……あの液体が頭や胸に触れれば、一巻の終わりだ。

さすがに腐った脳や心臓を治す手立てはなかった……だって、きっと治癒魔法を使う前に死んでしまうから。

唐突に厳しい現実を突きつけられた私は、無力感に陥る。

スローモーションのように流れる光景を前に、私はポロリと一筋の涙を零した。

このままだと、スカーレットお姉様が居なくなる……私の世界から、消えちゃう。

これから先、私はメイヤーズ子爵家の一人娘として、生きていくの……？

お姉様と一緒に人生を歩むことは、出来ないの……？

もう二度とお姉様に会えないの……？

姉の居ない未来を想像した私は、無意識に口を開く。

「……そんなの絶対に嫌」

口を突いて出た言葉は、紛うことなき私の本心で……願いだった。

震える手をギュッと握り締め、私は姉の居ない未来を拒絶する。

そして、感情の赴くまま、完成間近の魔法陣を手放した。

全員生還の道は一つしかない……しかも、チャンスは一度きり。

何故なら、成功の可否を問わず私は動けなくなるから……意識不明の重体に陥る可能性だって、あった。

だから――――今、ここで確実に動物の死体たちを倒す。

確かな意志と覚悟を持って、『最終手段に出る』と決心した私は、真っ直ぐに前を見据える。

宙を舞う黒い液体に目を細めながら、私は限界まで……いや、限界以上に魔力を高めた。

当然身体(からだ)は悲鳴を上げるものの、私は全く気に留めない。

それより、早く浄化魔法を発動したかった。

――――と、ここで不死鳥(フェニックス)と炎の精霊王がハッとしたように声を上げる。

「「待つんじゃ(待て)、シャーロット……!」」

こちらの思惑に気づいたのか、二人は血相を変えて駆け寄ってきた。

――――でも、もう遅い……全ての準備は整ってしまった。

視界の端に映る二人の召喚者に、私は『申し訳ございません』と謝罪する。

と同時に召喚術を解き、不死鳥(フェニックス)と炎の精霊王を強制送還した。

だって、万が一にも邪魔されたくないから……。

召喚用の魔法陣に吸い込まれていく二人を尻目に、私は前方に手のひらを向ける。

不思議と恐怖心はなく、手の震えもいつの間にか止まっていた。

「絶対に死なせませんからね、スカーレットお姉様」

決意表明とも言える言葉を呟き、私は――――祈願術を使用する。

そして、広範囲に渡る浄化魔法を発動すると、反動で気を失った。

《グレイソン side》

身の毛もよだつほどの強い力を感じたかと思えば、突然光の柱が上がる。

刹那――ここ一帯を中心に、白い光が広がった。

弾けるように飛んでいくソレは、凄まじい力を宿しており、嫌でも危機感を煽られる。

剣の柄を握り締める俺は、思わず身構えるものの……特に害はなかった。

『触れると、ちょっと温かい』程度の影響しかない。

でも――動物の死体たちだけは、例外だった。

「なんだ、これ……」

困惑を露わにする俺は、目を疑うような光景に唖然とする。

何故なら、白い光に当てられた動物の死体たちが――一匹残らず、姿を消しているから。

物を腐らせる黒い液体も同様で、真っ白に塗り替えられた。

まるで、最初から存在してなかったみたいに……。

こ、これは魔法か……？　でも、一体何の……？

人並み程度の魔法知識しか持っていない俺は、困惑気味に眉を顰めた。

属性の見当すらつかない白い光は、森全体に広がり、やがて消え失せる――動物の死体や光の壁と一緒に。

『結界が解除された……？』と驚く俺は、急いで周囲を見回した。

――紫髪の美女を脳裏に思い浮かべながら……。

単純に魔力が切れて、結界を維持出来なくなっただけだよな……？

まさか、死んでいるなんてこと……ないよな？

最悪の事態を想定し、不安に駆られる俺は『どうか、杞憂に終わってくれ』と願う。

自己犠牲を厭わないシャーロット嬢の性格に嫌な予感を覚える中――俺はようやく、彼女を発見した。

と同時に大きく目を見開く。

「シャー、ロット嬢……？」

掠れた声で彼女の名前を呼ぶ俺は、呼吸も忘れて固まった。

でも、直ぐに走り出す――うつ伏せの状態で倒れている彼女を助け起こすために。

そして、シャーロット嬢の傍まで駆け寄った俺は、地面に散らばる紫髪を踏まぬよう、注意しながら屈み込む。

大した距離を走った訳でもないのに、息は上がっていた。

「シャーロット嬢……シャーロット嬢！　聞こえているなら、返事をしてくれ！　声が出せないなら、指先を動かすだけでもいい！」

柄にもなく大声を上げる俺は、何度も何度も彼女の名前を呼んだ。

でも、一向に反応はない……そもそも、聞こえているのかすら怪しかった。

『まさか、本当に死んでいるのか……？』と青ざめる俺は、シャーロット嬢の肩に手を伸ばす
――が、触れる直前でピタリと身動きを止めた。

勝手に触れても、大丈夫なのか……？

症状によっては、体勢を変えただけで悪化すると聞くが……。

医学知識に乏しい俺は迷いながらも、手を下ろす。

出来ることなら、自分の手でシャーロット嬢の安否を確認したかったが、無茶は出来なかった。

被害を被るのは俺じゃなくて、シャーロット嬢だから……。

俺は『医者を呼んだ方がいい』と判断し、腰を上げた。

――と、ここで誰かに肩を掴まれる。

「シャーロット嬢の容態は、僕が見るよ。ポーション開発の一環で、医学知識は兼ね備えているから」

そう言って、俺の顔を覗き込んできたのは――サイラス先生だった。

サラリと揺れる緑髪を煩わしそうに掻き上げる彼は、俺の隣に腰を下ろす。

「君は周辺の警戒でも、していて。今、ナイジェルが席を外しているから」

『残党が居ないか確認しに行ったんだ』と述べ、サイラス先生はポケットから新しい革手袋を出した。

衛生面を気にしているのか、彼は素早く手袋を取り替える。

革手袋の感触を馴染ませるように手を閉じたり、開いたりする彼は、スッと目を細めた。

レンズ越しに見えるエメラルドの瞳は、不気味なほど静かで……真剣だった。

『サイラス先生でも、こういう表情するんだな』と驚きながら、俺は周囲の警戒に当たる。

でも、やっぱりシャーロット嬢の容態が気になって……チラチラと様子を窺ってしまう。

ここまで仕事に身が入らないのは、初めてだった。

シャーロット嬢のことになると、冷静でいられない……。

自分でも驚くほど、取り乱してしまう……。

『俺はいつから心配性になったんだか……』と呆れながらも、シャーロット嬢の診察から目が離せない。

『どうか、無事であってくれ』と願う中、サイラス先生は心拍や呼吸の確認を終えた。

かと思えば、慎重な手つきでシャーロット嬢の体を動かし、仰向けにさせる。

そうなると、必然的に彼女の寝顔が晒される訳で……見てはいけないものを見てしまったような感覚に襲われた。

『いや、これは不可抗力だろう……』と言い聞かせる俺を他所に、サイラス先生はシャーロット嬢の手足に触れる。

そして、外傷がないか確認すると、『ふぅ……』と一つ息を吐いた。

「とりあえず、命に別状はなさそうだね。まあ、魔力回路は酷いことになっていると思うけど……」

「魔力回路にダメージ……？　一体、何故ですか？」

『大量の魔力を使ったからか？』と考えつつ、俺は質問を投げ掛ける。

シャーロット嬢の無事を確認し、気が緩んだからか、遠慮のない物言いになってしまった。

でも、当人はあまり気にしていないようで、呑気に草をいじっている。

「あれ？　知らない？　さっきの白い光」

「それは知っていますが……」

「なら、話は早いね。あれを発動したのは、シャーロット嬢だよ。しかも、祈願術でね。レオポルド皇太子殿下とマーガレット嬢を助けるために、随分と無茶したみたい」

『魔力回路に相当負荷が掛かっている』と説明し、サイラス先生は思い切り草を引っこ抜いた。

勢い余って尻もちをつく彼の横で、俺はピシッと固まる。

もはや、名前の言い間違いを指摘する余裕すらなかった。

最上級魔法の結界を張った状態で、祈願術を使用するとは……命知らずにも程がある。

魔術や言霊術では、ダメだったのか……？　発動に時間が掛かるから……？　確実に二人を助けるために、自身の安全を切り捨てたのか……？

「はぁ……本当にお人好しだな」

怒りとも呆れとも言える感情を吐き出し、俺は小さく頭を振る。

『もっと自分を大事にしてくれ』と思いながら、俺はシャーロット嬢の頬に手を添えた。

ほっぺたの柔らかい感触としっかり感じる肌の温もりに、俺は目を細める。

『シャーロット嬢が生きている』と実感出来て、とても安心した。

傷つけないように優しく頬を撫でると、俺はゆっくりと体を起こす。

そして、シャーロット嬢の頬に触れた手をじっと見つめる中――――背後に人の気配を感じた。

「――――ねぇ、どうして私を助けたの……？」

聞き覚えのある声が鼓膜を揺らし、俺は後ろを振り返る。

すると、そこには――――スカーレット・ローザ・メイヤーズの姿があった。

今にも泣き出しそうな表情でこちらを……いや、シャーロット嬢を見つめる彼女は、グッと奥歯を噛み締める。

訳が分からないと言わんばかりに頭を振り、彼女はペタンとその場に座り込んだ。

「私のことなんて、見捨てれば良かったじゃない……何をされたか、忘れたの？」

眠ったままのシャーロット嬢に、スカーレット嬢は意味もなく質問を投げ掛ける。

自問とも捉えられる光景は、まるで自分自身を責めているように見えた。

「昨日だって、たくさん意地悪したのに……どうして……？　私のこと、嫌いじゃないの？」

震える声で言葉を紡ぐスカーレット嬢は、目尻に大粒の涙を浮かべる。

悲嘆と困惑の入り混じる瞳は、ゆらゆらと揺れていた。

「お願いだから、私のために無茶しないで……！」

悲鳴にも似た響きで本心を語ったスカーレット嬢は、ついに泣き出す。

ずっと我慢していたからか、涙はなかなか止まらない……。

嗚咽（おえつ）を漏らしながら蹲る（うずくま）彼女に、俺は慰めの言葉を掛けることも、罵声を浴びせることもなかった。

ただただ冷めた目で、彼女の旋毛（つむじ）を見つめるだけ……。

正直、シャーロット嬢を虐げてきたこの人には不快感しかないが、何かしようとは思わなかった。

だって、シャーロット嬢は仕返しなんて望んでいないから。

当事者の意向を無視した報復は、単なる自己満足に過ぎない。

『放置が一番だろう』という結論に達し、俺は視線を逸らした。

でも、洟（はな）を啜る（すす）音や咽び（むせ）泣く声が聞こえて、完全に無視出来ない。

どうしても、そちらへ意識を向けてしまう。

『ここまで号泣されると、さすがに気になるな』とゲンナリする中――ふと、見覚えのある銀髪を目にした。

少し距離が離れているため、断言は出来ないが、恐らく委員長だろう。

あんなに綺麗な銀髪は、世界的に見ても珍しいから。

『剣も持っているし』と考える俺は、突っ立っている委員長をじっと見つめた。

思ったより、落ち着いているな。

敵である動物の死体たちが倒されて、毒気を抜かれたのか？

正気に戻ってくれているなら、それでいいが……。

距離の関係で委員長の表情を読み取れず、俺は少しだけ不安になる。

また何かやらかすのではないか？　と……。

でも、直ぐに『考え過ぎだな』と思い直した。

何故なら――驚くほど静かだったから。

単独行動に走るどころか、委員長は身動き一つ取らなかった。

おまけに『本当に生きているのか？』と疑うほど、存在感も薄い。

きっと、自分の行いを後悔しているのだろう。猛省しているに違いない。

何故、あのような行動に走ったのかは不明だが……結果として、薬草採取チームのメンバーを危険に晒しているからな。

正直、シャーロット嬢の尽力がなければ、全滅していたと思う。

あの状況で全員生き残れたのは、ある意味奇跡だ。

合流したときの記憶を呼び起こしつつ、『よく死人が出なかったな』と改めて感心する。

――と、ここで周辺の見回りに行っていたナイジェル先生が戻ってきた。

サラサラの金髪を風に靡かせる彼は、剣を鞘に収める。でも、万が一に備えて手は添えたままだった。

「一応、山の方も見てきたけど、残党は居なかったよ。多分、もう大丈夫だと思う。でも、まだ警戒は解かないでくれ。用心するに越したことは、ないからね」

よく通る声で注意を促すナイジェル先生は、疲れ切っている生徒達に『もう一踏ん張りだ』と告げる。

『まだ頑張らなきゃいけないのか……』と嘆息する生徒達は、あからさまに嫌な顔をした。

でも、ナイジェル先生の言い分は正しいと判断したのか、素直に頷く。

「じゃあ、一旦屋敷に戻ろうか」

ナイジェル先生は屋敷の方角に足を向け、『整列して』と指示した。

列の先頭となる場所に移動して待機する先生を前に、生徒達も動き出す。

表情は相変わらず不満げだったが、『いつまでもここに居る訳にはいかない』と判断したようだ。

森の中は、何かと不便だからな。休むにしろ、救援を待つにしろ、屋敷に居た方がいい。

『屋外と比べて、守りやすいし』と思案しつつ、俺は周りの様子を窺う。

長蛇の列を成す一般生徒の後ろで、俺は『護衛配置って、どうなるんだ？』と首を傾げた。

ナイジェル先生に判断を仰ぐべきか悩む中、俺はふと足元に視線を落とす。

そこにはシャーロット嬢の姿があり、スースーと寝息を立てていた。

この場合、シャーロット嬢はどうなるんだ？

まさか、置いていく訳にはいかないし……誰かに運んでもらうしかないよな。

でも、無防備な状態にあるシャーロット嬢を誰かに預けるのは……嫌だ。

『安心出来ない』と思案する俺は、シャーロット嬢の身を案じる。

でも、それは半分建前で……ただ単に彼女の寝顔や弱った姿を、誰にも見せたくないだけだった。

「はぁ……こんな時に独占欲を発揮して、どうする……」

胸の奥から湧き上がってくる感情（衝動）に、俺は心底呆れる。

『シャーロット嬢のことになると、いつもこれだ』と肩を竦めると、俺は素早く納刀した。

そして、自由になった両手を――彼女に伸ばし、軽々と抱き上げる。

意識のない人間は結構重いのに、シャーロット嬢は細いからか、凄く軽かった。

「――それ、代わるよ。シャーロット嬢一人なら、僕でも持ち上げられるだろうし」

そう言って、こちらに両手を差し出したのは――なんと、サイラス先生だった。

ローブのポケットに大量の植物を突っ込んでいる彼は、真っ直ぐにこちらを見据える。

『君は風紀委員だろう？』と尋ねる声に、悪意や害意は感じられなかった。

恐らく、単純な厚意だろう。他意はないと思われる。

俺はレンズ越しに見えるエメラルドの瞳を見つめ返し、小さく首を振った。

「いえ、結構です。俺はまだ魔力も体力も残っているので、問題ありません。ただ、シャーロット嬢の体調が少し心配なので、いつでも治療出来るよう、傍に居てくれると助かります」

『医学知識に乏しい俺では、見落としがあるかもしれない』と、別の形で協力を要請する。

すると、サイラス先生はあっさりと手を引いた。

「分かった。そうしよう」

二つ返事で了承したサイラス先生に、不平不満といった感情はない。

「じゃあ、ナイジェルには僕から伝えておくよ。君はここに居て」

『患者をあまり動かしたくないし』と告げ、サイラス先生はクルリと身を翻す。

ゆったりとしたペースで進んでいく彼を前に、俺は一つ息を吐いた。

どんな時でもマイペースだな、あの人は……。

『走るという概念がないのか？』と呆れつつ、俺は小さく肩を竦める。

遠くからそっと様子を見守る中、サイラス先生が帰ってきた。

『反対されなかったよ』と告げる彼の後ろで——ナイジェル先生は護衛配置を発表する。

そして、護衛メンバーの整列を待ってから出発し、無事に屋敷へ戻った。

第四章 事後処理《ディーナside》

I have been acting as a foil to my sister, but I am quitting today.

周辺の安全確認を行い、屋敷に避難してから、数時間後――宮廷魔導師団が派遣された。

生徒の保護と騒動の調査を担う彼らは、二手に分かれて行動する。

一方は屋敷に残って生徒の安全を守り、もう一方は現場検証のため森へ赴いていた。

事情聴取の意味合いも兼ねて、調査に同行した私は必要最低限の会話しかせず、下を向く。

だって、皆に合わせる顔がなかったから。

林間合宿の参加メンバーを危険に晒したのは、確実に私だ。

私が風紀委員長としての役割をきちんと果たしていれば……仲間に負担を掛けることも、統率を乱すこともなかっただろう。

結果的に何とかなったが、一歩間違えれば大惨事になっていた。

『全員生還出来たのは奇跡だ』と考えながら、私は視界に映る三足の靴を眺める。

一足は私で、残りの二足は現場検証のため連れてこられたナイジェル先生とジェラールのものだった。

自分とは明らかに違う靴の大きさに、私は男女の違いを見せつけられたような気がした。

『男の人はいいよな、手も足も大きくて……』と羨む中、宮廷魔導師団は調査を終えて戻ってくる。

黒いローブに身を包む彼らは、興奮した様子で好き勝手に喋っていた。

こちらに報告する気など、一ミリもないらしい……というか、我々の存在を丸っきり忘れているようだ。

宮廷魔導師団はエリート中のエリートだが、魔法と研究のことしか興味ないらしい……という噂は、本当だったんだな。

連帯意識や団結力を重視する騎士団とは、大違いだ。

任務中に私語なんてしたら、怒られ……って、ん？　あれはなんだ？

ふと目にした黒い袋に、私は内心首を傾げる。

円筒状のソレは人間ほどの大きさで、中に何か入っているようだった。

空中に浮いているため、重さなどはよく分からないが……『軽い』ということはないだろう。

もし、そうなら浮遊魔法など使わず、手で運んでいるだろうから……。

「――――おい、お前ら！　喋ってねぇーで、仕事しろ！　死体の運搬にどんだけ、時間を掛けてんだ！」

そう言って、茂みから姿を現したのは――――宮廷魔導師団副師団長のキース・ベルク・プライスだった。

布越しでも分かるほど引き締まった体を持つ彼は、『キビキビ動け！』と怒号を飛ばす。

刹那、団員達は口を閉じ、黒い袋と共に逃げて行っ……いや、移動して行った。

どんどん小さくなる彼らの背中を見送り、副師団長はこちらに足を向ける。

「待たせて、悪かったな。今回はちょっと特殊だったから、調査に時間が掛かっちまったんだ。それにほら……ウチは基本自由だから、集団行動とか出来なくてよ」

『指揮を取るのも一苦労なんだ』とボヤく副師団長は、やれやれと肩を竦めた。

疲れ切った様子の彼を前に、ナイジェル先生はクスリと笑みを零す。

「それは別に構わないよ。それより、調査結果を教えてくれるかい？」

傍まで歩み寄ってきた副師団長に、ナイジェル先生は気軽に質問を投げかける。

エリート魔導師が相手でも臆さない態度に、私とジェラールは目を剝いた。

『こんなに馴れ馴れしく接していいものなのか』と不安になる中、副師団長は軽い調子で答える。

「おう、いいぜ。元々そのつもりだったし」

ナイジェル先生の言動に怒るでもなく、副師団長は何の気なしに腕を組んだ。

『どこから、話すかな……』と悩みながら、口を開く。

「まず、動く死体についてだが……あれは恐らく――死者蘇生の劣化版だ。要するに悪意を持った人間の仕業。自然発生で、ああなった訳じゃない」

「と言うと？」

聞き慣れない単語にピクッと反応を示すナイジェル先生は、話の先を促す。

鋭く光る二つの眼は真剣で、息が詰まるほどの緊張感を帯びていた。

何とも言えないプレッシャーを一身に受ける副師団長は、急かされるまま言葉を紡ぐ。

「死体の一部を媒介にして、無理やり蘇らせたんだよ。と言っても、精神まで戻った訳じゃないから、ただの操り人形に過ぎないけどな。生き返らせたとは、言い難い……色んな意味で不完全なんだ」

「操り人形、か。動物らしくない行動が多かったのは、そういうことだったんだね」

『合点がいった』と言わんばかりに頷くナイジェル先生は、少しだけ雰囲気を和らげた。

でも、まだ分からないことだらけなので、探るような視線は変わらない。

「じゃあ、死体の一部が最初から破損していたのは、無理やり蘇らせた弊害？　五体満足の状態で蘇らせることは、出来なかったの？」

『そうした方が周りに怪しまれないのに』と零すナイジェル先生は、スッと目を細める。

確かに姿形だけでも普通の動物に似せておけば、私達はそこまで警戒しなかったかもしれない。

『ちょっと臭い動物』程度の認識で、油断する可能性はあった。

もし、そうなれば、あちらとしても戦いやすいだろう。

不意をついて殺す、という選択肢が得られるのだから。

『敢えて、そうしている訳ではないだろう』と推測する中、副師団長はガシガシと頭を掻いた。

「死体に残った残留思念を元に、肉体を再構築するから、どうしてもそうなっちまうんだ。対象の記憶を遡って、五体満足だった頃の姿を呼び起こすなんて、不可能だからな……死んだ当時の姿しか再現出来ない。だから、まあ……弊害と言えば、弊害だな」

『精神まで蘇らせられれば、話は別だけど』と付け足しつつ、副師団長は小さく肩を竦める。

説明を聞き終えたナイジェル先生は、おもむろに山の方を振り返った。

「そう……もう死んだとはいえ、美しくない姿で野山を駆け巡るなんて、私には耐えられないよ。

巻き込まれた動物たちには、心底同情する」

不意討ちより、見栄えの心配をするナイジェル先生は、『お気の毒に……』と呟く。

悲しげにそっと目を伏せる彼の姿に、副師団長は堪らずといった様子でツッコミを入れた。

「いや、どういう哀れみ方だよ……意味不明にも程があるだろ」

「だって、どうせ蘇るなら、最も美しい頃の姿で蘇りたいだろう？　少なくとも、私はそう思うよ」

『たとえ、意思のない操り人形だったとしてもね』と言い、ナイジェル先生は不敵に笑う。

全く揺るがない信念と美への執着に、副師団長は何も言えなくなってしまった。

『何言ってんだ？　こいつ……』といった様子で、頭を振る。

そんな副師団長を他所に、ナイジェル先生はふと何かを思い出したように『あっ……』と声を漏らした。

「そういえば、さっき『死体の一部を媒介にして』って言ったよね？　体の足りないパーツは、どうしているんだい？　蘇生するに当たって、必要だろう？」

『足りないパーツだけ、幻術で誤魔化しているとか？』と尋ねるナイジェル先生に、副師団長は首を横に振った。

「足りないところは、魔力で補っているんだよ。だから、本質は魔物に近いかもしれねぇーな」

「なるほどね。切った感触はあったのに手応えが全くなかったのは、そういう事か」

『謎が解けたよ』と笑うナイジェル先生は、満足そうに頷いた。

だが、直ぐにまた違う疑問が湧いたのか、コテリと首を傾げる。

「でも、足りない部分を魔力で補うとなると、かなりの魔力量が必要になる……並大抵の人間では、まず出来ない。それこそ、宮廷魔導師レベルじゃないと……術者は桁外れの魔力でも持っていたのかい？」

『もし、そうなら宝の持ち腐れだね』と述べるナイジェル先生に、副師団長は反論を口にした。

「いや、術者の魔力はそこまでなかったと思うぜ」

「なら、どうやって死者蘇生もどきを発動出来たんだい？　まさか、『魔法の効果に反して、魔力消費は少なかった』なんて、言わないよね？　不完全とはいえ、死者を蘇らせることが出来るのだから」

『腑に落ちない』といった様子で頭を振るナイジェル先生は、スッと目を細める。

追及の手を緩めない彼に、副師団長は苦笑を漏らした。

『まあ、話は最後まで聞けよ』と呆れながら、身を乗り出すようにして、こちらへ近づく。

そして、グルッと辺りを見回すと、彼はボソッと呟くようにこう言った。

「相手は――――禁術を使ったんだよ」

禁術……？　なんだ、それは……何かの隠語か？

禁術とやらに全く心当たりのない私は、内心首を傾げる。

でも、ナイジェル先生は禁術の意味を知っているようで、表情を強ばらせた。

いや、『青ざめた』と言った方が正しいかもしれない。それほどまでに取り乱していたから……。

『参った』とでも言うように俯くナイジェル先生の姿に、私は一抹の不安を覚えた。

禁術って、そんなに不味い代物なのか？　と……。

「まあ、現時点で断言は出来ないけどな。術者がもう死んでいるから……。さっきの黒い袋、見ただろ？　アレに遺体が入ってんだよ」

親指でクイッと後ろを指さす副師団長は、サラッととんでもない事を口にした。

『アレって、遺体だったのか!?』と驚愕する私とジェラールを他所に、ナイジェル先生は顔を上げる。

表情は相変わらず硬かったが、顔色は少し良くなっていた。

「……遺体の身元と特徴は？」

「身元は現在調査中。特徴はそうだな……全身黒ずくめ、男、推定三十歳、痩せ型、舌を切られているって、いったところか？」

悩ましげに眉を顰める副師団長は、ところどころ違和感のある特徴を並べた。

『舌を切られているって……』と絶句する私とジェラールの傍らで、ナイジェル先生は一つ息を吐く。

「怪しさ満点だね。裏の人間である可能性が高そうだ」

「ああ、俺らもそうじゃないかと疑っている」

ナイジェル先生の見解に賛同する副師団長は、顎に手を当てて考え込んだ。

「ただ、そうなると、上手く身元を割り出せるかどうか分からなくてな……裏の人間って、孤児ばっかだからよ。出自や名前を調べるだけでも、骨が折れる……しかも、無駄に結束力まで固いときた。聞き取り調査で身元を割り出すのは、至難の業だな」

『大抵虚言か、無言だ』と述べる副師団長を前に、ナイジェル先生はおもむろに前髪を掻き上げる。

「遺留品の中に身元を割り出せるようなものは、なかったの？」

「遺留品は、護身用のナイフと自死用の毒物だけだった。遺書の類いなんかは一切なし。一応、口の中まで調べてみたけど、めぼしいものは見つからなかった」

『手掛かりがあるとしたら、あとは臓器の中だけだな』と、副師団長は何食わぬ顔で語る。

お手上げ状態に近いと悟ったナイジェル先生は、ちょっと残念そうに肩を落とした。

「じゃあ、遺体のあった場所は？」

「森の奥……もっと正確に言うと、大木の下だな。うつ伏せの状態で倒れていた」

『見つけた時にはもう既に死んでいた』と証言し、副師団長は山の方をじっと見つめる。

発見当時のことを思い返しているのか、彼の表情は厳しかった。

悩ましげに眉を顰め、口元に力を入れるものの……遠くに落ちた雷を見るなり、ハッとする。

「エルのやつ……！　また何かやらかしやがったな!?」

自然発生の雷ではないと瞬時に判断し、副師団長はガバッと身を翻した。

「わりぃけど、俺はここで失礼するぜ！　もっと詳しい情報を知りたいなら、ウチの部下に聞いてくれ！」

『俺はエルの回収に行ってくる！』と言って、副師団長は雷の落ちた方角へ走り出す。

見る見るうちにスピードを上げていく彼は、あっという間に姿を消した。

『なんという脚力だ……』と絶句する私は、チラリとナイジェル先生の様子を窺う。

副師団長の走っていった方角を見つめる先生は、なんとも言えない表情を浮かべた。

「まだ話の途中だったんだけど……まあ、いいか。欲しい情報は、粗方聞き出せたし」

『後を追い掛ける程でもない』と割り切り、ナイジェル先生は早々に気持ちを切り替える。

やれやれと肩を竦める彼に、私はおずおずと声を掛けた。

「あの……調査報告も終わったようなので、私はお先に失礼しま……」

「――待ちたまえ。君には、少し話がある。残りなさい」

『失礼します』と続ける筈だった言葉を遮り、ナイジェル先生はこちらに向き直る。

突き刺すような視線には、ナイフを彷彿とさせる鋭さがあった。

有無を言わせぬ迫力に気圧される私は、震える手をギュッと握り締める。

『ついにこの時が来たか……』と身構え、私は一つ息を吐いた。

「分かり、ました……」

絞り出すような声で返事した私は、キュッと唇を引き結ぶ。

『きっと、あのことで怒られるんだろうな』と思案する中、ナイジェル先生はふとジェラールに目を向けた。

「君は先に戻っていなさい。関係のない話に付き合わされるのは、御免だろう？」

僅かに雰囲気を和らげるナイジェル先生は、優しい口調で帰還を促す。

『途中まで送ってあげるから』と述べる彼に、ジェラールは――――首を縦に振らなかった。

「――――い、嫌ッス！」

緊張しながらも、しっかりと拒絶の意思を見せたジェラールは、凛とした面持ちで前を見据える。

ゆらりと揺れるペリドットの瞳は、ちょっと不安げだが、『絶対に譲らない』という強い意志を感じた。

まさかの展開に目を丸くする私とナイジェル先生は、思わず言葉を失う。

でも、ジェラールはそんなのお構いなしで言葉を続けた。

「委員長への話って、きっと単独行動の件ッスよね!? なら、俺もこのまま残るッス！ 風紀委員会の業務に関わることは、副委員長の俺にも責任があるんで！ 一緒に怒られる、くらいの権利はあると思うッス！」

『連帯責任だ！』と主張するジェラールは、一歩も引かない姿勢を見せた。

私とナイジェル先生の間に割って入り、爪が食い込むほど強く手を握り締める。

視界の大半が埋まってしまうほど大きな背中を前に、私はそっと目を伏せた。

怒られるのは、もはや決定事項だから、せめて負担を半分にしようとしているのだろう。

ジェラールは、優しいやつだから……。

『私はいい仲間を持ったな』と感動すると共に、ジェラールに庇われる状況を情けなく思った。

不甲斐ない自分を責める中、ナイジェル先生は悩むような仕草を見せ、空中に視線を漂わせる。

でも、ジェラールの確固たる覚悟に押されたのか、やがて諦めたように溜め息を漏らした。

「確かに、君の言い分にも一理あるね……分かった。同席を許可しよう」

「本当ッスか!?　ありがとうございます！」

勢いよく頭を下げるジェラールは、『よっしゃ！』と小さく呟いた。

かと思えば、こちらを振り返り、悪戯っぽく笑う。

『上手くいったッスよ！』と言わんばかりに親指を立て、彼は一歩後ろへ下がった。

壁のように立ち塞がっていた彼が身を引いたことで、私とナイジェル先生は互いに顔を見合わせる。

徐々に張り詰めていく空気を肌で感じる中、先生はゆっくりと口を開いた。

「さて────本題に入ろうか」

形のいい唇から発せられた言葉は、文句でも暴言でもないのに……重々しく感じる。

胃がキューと小さくなっていく感覚と共に、息苦しさを覚えた。

『あぁ、これから尋問が始まるんだな』と実感する中、ナイジェル先生はスッと目を細める。

「もう既に話の内容は分かっていると思うが、敢えて聞こう────ディーナ・ホリー・ヘイズ侯爵令嬢、何故君は風紀委員長としての役目を放棄し、単独行動に走ったんだい？」

予想通りの質問を投げ掛けてくるナイジェル先生は、『理由を教えておくれ』と促す。

真剣味を帯びた瞳は、どこまでも真っ直ぐで淀みがなかった。

『正直に話せ』という圧をヒシヒシと感じる私は、躊躇いがちに口を開く。

「……武勲を立てたかったんです、自分の手で」

『間接的にではなく、直接的に』と遠回しに伝え、私は下を向いた。

絶対に軽蔑されると思ったから……。

「武勲、ねぇ……」

どこか含みのある言い方で復唱したナイジェル先生は、『はぁ……』と深い溜め息を零す。

呆れとも困惑とも取れる表情を浮かべ、彼は腰に手を当てた。

「何故、そうまでして武勲を立てたいのか、私には理解出来ないよ。緊急時は普通武勲(自分の利益)よりも、人命救助や避難活動を優先するだろう？」

御尤(ごもっと)もな意見を並べるナイジェル先生は、心底不思議そうにこちらを見つめた。

「一体、何が君をそこまで突き動かしたんだい？」

『やむを得ない理由でもあったのか』と尋ねるナイジェル先生を前に、私は言葉に詰まる。

なんて答えればいいのか、分からなかった――いや、違う……私は話したくなかったのだ。

正直に話せば、確実に失望されると分かっているから……。

チラリとジェラールに目を向ける私は、『失望どころか、幻滅されるかもしれないな』と怯(おび)える。

でも――こういう事態を招いた元々の原因は自分にあるため、黙秘することなど出来なかった。

使命感や罪悪感に駆られるまま、私は沈黙を破る。

「……私はただ――自分の実力を周りに認めて欲しかっただけです」

子供のように単純で、分かりやすい理由を述べる私は、自分がとても小さい存在に思えた。

「女性は軽視されやすい……実力社会の騎士は、特に。女性というだけで馬鹿にされ、侮られる……私には、それが耐えられなかった」

胸の奥底から湧き上がってくる欲求を言葉に変え、私は本心を曝け出す。

口調は少し砕けてしまったが、ナイジェル先生もジェラールも注意しなかった。

騎士という職業は、体格的な意味でどうしても男性が優遇される。

体の作りの問題で、女性は筋肉がつきにくいからだ。

同じ訓練をこなしても、男性と女性ではやはり差がある。

もちろん、個人差はあるが、性別の壁を超えて男性と渡り合うのは至難の業だ。誰にでも出来ることじゃない……。

だから、必然的に女騎士の数は少なかった。故に、ほとんどの騎士団は男社会となり……女性蔑視の風潮が強い。

『体格差など関係ない魔導師とは、全然違うんだよな……』と、私は眉尻を下げた。

心のどこかでシャーロット嬢のことをライバル視していたのか、無意識に魔導師を比較対象にしてしまう。

比べたところで、意味はないのに……器の小さい自分に嫌気がさした。

――と、ここでナイジェル先生とジェラールは困ったような……思い詰めたような……複雑な表情を浮かべる。

恐らく、反応に困っているのだろう。

理由だけ聞けば、可哀想に思えてくるから……まあ、私のやったことを考えれば、同情は出来ないが。

気にせず、怒ってくれて構わないのに……情けを掛けられる方が、惨めで嫌だ。

『もう既に充分惨めなのに?』と自分に問い掛ける私は、自嘲する。

僅かに残った己のプライドを守ろうと、必死になる自分が無様で……情けなくて……居た堪れなかった。

『自分はとんでもない駄目人間だ』と認識する中、ナイジェル先生は真っ直ぐにこちらを見据える。

そして、三十秒ほど凝視すると、形のいい唇で言葉を紡いだ。

「なるほどね……確かに男女の間に差があることは、認めよう。武勲を立てたい気持ちも分かる。

でも――――だからといって、周囲を振り回していいことにはならない」

慎重に言葉を選びながらも、ナイジェル先生はしっかりと正論を叩きつける。

必要以上に責めないのは優しさか、それともコレが一番堪えると分かってのことか……。

これなら、まだ罵詈雑言を浴びせられた方が良かったな……。

問題点のみを指摘される方法は、なんというか……甘いような気がして、落ち着かない。

もっと、ちゃんと責めて欲しい……でも、きっとこれがナイジェル先生のやり方なのだろう。

『なら、従うしかない』と判断し、私は喉元まで出かかった言葉を呑み込んだ。

吐息一つ漏らさぬよう固く口を閉ざし、私は良心の呵責に耐える。

そして、精神的に打ちのめされる中、ナイジェル先生は呆れにも似た苦笑を漏らした。

「まあ、そう落ち込むな。あまり悲観的になることはない。体格差は、努力で補える」

励ますようにポンポンッと私の肩を叩き、ナイジェル先生は僅かに表情を和らげる。

『私独自の訓練メニューでも教えようか？』と問う彼の前で、私は――怒りに顔を歪めた。

喉の奥に詰まった何かを吐き出すかのように、私は叫ぶ。

「私だって……私だって！　当然、努力は重ねてきた……！　少しでも、体格差を埋められるように……生まれ持った性を超えられるように！　でも、無理だった……！　出来なかった……！　女では、限界があった！」

荒々しい口調で捲し立てる私は、敬語を使う余裕もなく、怒りをぶちまけた。

まるで私の努力が足りないと言われたようで、気に障ったから。

捉え方の問題かもしれないが、一生懸命積み重ねてきた努力を軽んじられるのは許せなかった。

「男に生まれた貴方には、分からないんだ！　女として生まれたことが、どれほど惨めで理不尽なのか……！　『努力で補える』などと、軽々しく言わないでほしい！」

生まれ持った性別で左右される人生に辟易していた私は、これまでの不満をぶつける。

八つ当たりなのは分かっていたが、それでも止められなかった。

あまりの変貌ぶりに、ナイジェル先生とジェラールは呆気に取られる。でも、直ぐに正気を取り戻した。

「私の言い方が悪かったことは、認める。すまなかった。でも、君の努力を無視した訳ではない。ただ無理だと決めつけるのはまだ早い、と言いたかっただけだ」

「そ、そうッスよ！　委員長は今でも充分凄いんスから、きっと大丈夫ッス！　これから、もっと成長し……」

「うるさい！　どうせ、女の私では無理なんだ！　どれだけ、努力を重ねても実りやしない！　女騎士なんて、所詮そんなものだ！」

　謝罪を口にするナイジェル先生と激励の言葉を送るジェラールに、私は思い切り噛み付く。

『男として生まれたお前達に何が分かる!?』と言わんばかりに、怒鳴り散らした。

　劣等感を煽られ、自虐に走る私の態度に、ナイジェル先生は目の色を変える。

　ガーネットの瞳に冷たい何かを滲ませる彼は、顔から表情を打ち消した。

「ディーナ・ホリー・ヘイズ、無理だと決めつけるのは勝手だが――性別のせいにしないでほしい。それは今も頑張っている女騎士や女性の騎士見習いに対する侮辱だ……！」

　堪えきれない怒りを声に滲ませるナイジェル先生は、クシャリと顔を歪める。

『腹立たしい』と言わんばかりの表情だが、ちょっと切なげで……深い悲しみを宿していた。

「結局、一番女性を……性別を馬鹿にしていたのは、君じゃないか！　辛い現実から逃げるための口実に、女性を使うな！　頼むから、これ以上彼女達の名誉を貶めないでくれ！」

　ある意味悲鳴とも言える切実な願いを口にし、ナイジェル先生は唇を強く引き結んだ。

　息が詰まるほどの覇気を放つ彼に、私はなんと言えばいいのか分からず……黙り込む。

　自分でも驚くほどスーッと冷めていく私は、一気に冷静になった。

　ナイジェル先生の言葉は恐らく、正しい……胸にグサッと刺さった……そう、図星だったんだ。

汚い本音と向き合う私は、早々に反論を諦める。

たとえ、ナイジェル先生を丸め込めても、現実から目を背けることはもう出来ないから……。

本心を自覚した時点で、逃げ場など何処にも残っていなかった。

『誰よりも女性を尊重し、尊敬し、尊崇していたのはナイジェル先生かもしれないな』と考えながら、私は自身の手を見つめる。

剣士にしては繊細で綺麗な手に、私は自分の気持ちを改めて痛感した。

私は結局、令嬢として生きる道を捨てきれなかった……いつでも引き返せるよう、予防線を張っておいたんだ。

髪は切ってもまた伸びるが、マメやタコのせいで硬くなった手は、なかなか元に戻らないから……。

なのに、『努力を重ねてきた』なんて……恥ずかしい。

手に傷が出来ないよう、配慮していた自分に気づき、私はそっと目を伏せる。

限界まで努力していない証拠を見せつけられたような気がして、居た堪れなくなった。

『一体、いつからこんな風になってしまったのだろう？』と、私は過去の記憶を遡る。

我武者羅に頑張っていた頃を思い出し、いつの間にか変わってしまった自分に嫌気がさした。

「そうですね……女性を一番バカにしていたのは、きっと自分自身です。私は――騎士の夢を諦めるべきなのかもしれません……」

『こんな自分が立派な騎士になれるのか』と不安になり、令嬢として生きる道を本気で考える。

でも、なかなか踏ん切りがつかなくて……決断を下すことは出来なかった。

――狡くて臆病な自分は、『夢を諦める必要なんて、ないじゃないか』と囁く。

こうやって、いつも優柔不断だから私は駄目なんだ……早く決めないと。

でも、一体どうすれば……？

夢を諦めずに頑張る道と令嬢として生きる道……二つの狭間で揺れる私は、頭を悩ませる。

――と、ここでジェラールが声を上げた。

「俺、委員長の剣、好きッスよ！　凛々しくて、真っ直ぐで、力強くて……俺の憧れッス！　だから、諦めないでください！」

真剣味を帯びた瞳でこちらを見つめるジェラールは、ニッと白い歯を見せて笑う。

『お世辞じゃなくて本心だ』と全身で表す彼は、太陽のように眩しかった。

「君はまだ若い。いくらでも、やり直せる。だから、もう少しだけ足掻いてみてもいいんじゃないかい？　夢を諦めるのは、それからでも遅くない筈だ」

ジェラールの言葉を後押しするように、ナイジェル先生も『早まるな』と主張した。

先生の性格上、感情論で引き止めたとは思えない……才能のない人間に無駄な希望を抱かせるほど、酷い人間じゃないから。

もうすぐ卒業の三年生ともなれば、尚更……きっと、厳しい現実を突きつけて、『考え直せ』と忠告する筈だ。

でも、先生はそうしなかった。それはきっと――――私の実力を認めているから。

『騎士になる可能性に賭けているんだ』と察し、私は心を揺さぶられた。

どうしようもないほどの高揚感に包まれながら、ギュッと手を握り締める。

「そう、ですね……最終的に夢を諦める結果となっても、後悔しないよう、最後まで足掻いてみます。時間はまだ残っているので……何より――」

そこで一度言葉を切ると、私はジェラールに向き直った。

「――信頼する仲間に『自分の憧れ』とまで言われたら、中途半端に投げ出すことは出来ない。お前の期待を裏切らぬよう、せいぜい精進するさ」

元気と勇気を与えてくれたジェラールに、私は笑いかける。

『ありがとう』という気持ちを込めて。

自分の本音と向き合った上で覚悟を決めた私に、ナイジェル先生は満足そうに微笑(ほほえ)んだ。

『それでいい』と言わんばかりに大きく頷くと、屋敷の方を振り返る。

そして、『ふぅ……』と一つ息を吐いた。

「さて、そろそろ屋敷へ戻るとしよう。他の生徒達の様子も気になるからね」

そう言って、ナイジェル先生は歩き出す。

彼の大きな背中を前に、私とジェラールは互いに顔を見合わせると――清々(すがすが)しい気持ちで、一歩を踏み出した。

カサッと何かが擦れる音と共に、私はふと目を覚ました。

寝起きでぼんやりする意識の中、私は視線を左右に動かす。

見覚えのある天井と家具を頼りに、私は現在位置を割り出した。

ここは……林間合宿の宿泊施設として、提供された別荘の中ね。

もっと細かく言うと、私に割り当てられた部屋のベッドの上、と言ったところかしら？

私はツルリとしたシーツの感触と枕の弾力に目を細め、生還した事実にホッとする。

『浄化が無事成功したのだろう』と推測する中、私はゆっくりと身を起こした。

――と同時に、凄（すさ）まじい倦怠感（けんたいかん）に襲われる。

『両肩に重石（おもし）でも乗っているのか？』と言いたくなるほど怠（だる）い体に、私は眉を顰めた。

目覚めたときから、体の不調は感じ取っていたけど……動いたことで、より顕著に現れたって感じね。

まさか、ここまで酷いとは思わなかったわ。

まあ、魔力回路を損傷したのだから、これくらい当然か。

瞬発的に大量の魔力を引き出した事実から、私は魔力回路の損傷具合を推し量る。

『大分、負荷を掛けちゃったからなぁ』と、どこか他人事（ひとごと）のように思う私は、発熱に気がついた。

凄い汗の量……それに肌寒い。季節はまだ夏なのに……。

どうやら、魔力回路の損傷のせいで全身に魔力が行き渡っていないみたいね……。

だから、一時的に魔力切れの症状に陥っているんだわ。

『魔力そのものは順調に回復しているのに……』と嘆く私は、小さく肩を竦める。

『しょうがない』と自分に言い聞かせる中、視界の端に映る水色髪にふと気が付いた。

見覚えのあるソレは、姉のもので……恐る恐る顔を上げると、彼女の寝顔が目に入る。

どうやら、私の姉としてずっと傍に付いていてくれたようで、汚れた服も髪もそのままだった。

「ん……」

ベッドの傍にある椅子に腰掛けたまま身じろぎする姉は、フルリと睫毛を震わせる。

そして、ゆっくりと目を開けると、タンザナイトの瞳に私を映し出した。

――――かと思えば、勢いよく立ち上がる。

「しゃ、シャーロット……!?　いつの間に起きて……!?」

後ろに倒れた椅子など気にも留めず、姉はまじまじとこちらを見つめた。

『夢じゃないわよね……?』と呟く姉は、いつになく取り乱している。

『そこまで驚かなくても……』と苦笑いする私は、おもむろに口を開いた。

「起きたのは、つい先程です」

「そ、そう……体調はどうなの?」

こちらの淡々とした態度に毒気を抜かれたのか、姉は一気に冷静さを取り戻す。

まだ戸惑いは残っているようだが、倒れた椅子を元に戻す程度の余裕はあった。

「魔力回路の損傷で、一時的に魔力切れになってしまいましたが……まあ、問題ありません。症状自体は、風邪とあまり変わらないので」

『嘘を言って、後で拗れても嫌だから』と、私は正直に答える。

思ったより軽い症状にホッとしたのか、姉は僅かに表情を和らげた。

「そう……なら、良かったわ」

憎まれ口の一つでも叩くのかと思いきや、姉は安堵の息を吐く。

肩の力を抜き、嬉しそうに微笑む姿は非常に穏やかだった。

ここのところ険しい表情ばかり見ていたので、私はなんだか拍子抜けしてしまう。

『不仲とはいえ、一応家族だから心配してくれたのかな?』と疑問に思う中、姉は扉を指さした。

「じゃあ、宮廷魔導師団の方々を呼んでくるわね。少し前に調査を終えて、帰ってきたばかりだから。きっと、直ぐに対応してくれる筈よ。魔力回路のことも一応相談してみるといいわ」

『素人と専門家じゃ、分かることも違うだろうし』と言って、姉はクルリと身を翻す。

至れり尽くせりとも言うべき姉の対応に戸惑いつつも、私は首を縦に振った。

歓喜とも羞恥とも取れる感情を胸に抱く私は、気を紛らわせるように、宮廷魔導師団について考える。

『エルヴィン様とキース様も来ているのかな?』と疑問に思う中、姉はふと足を止めた。

ドアノブを握り締めたまま立ち尽くす姉は、こちらを振り返らずに言葉を紡ぐ。

「……助けてくれてありがとう、シャーロット」

耳を澄ませば聞こえる程度の声量で呟くと、姉は素早くドアノブを回した。

かと思えば、直ぐに部屋を出ていく。

『あっ……』と思った時にはもう遅くて、姉の姿は扉の向こうに消えていた。

引き止める隙も返事する間もなく、取り残された私はパタンと閉まる扉の音を聞き流す。

パチパチと瞬き(まばた)を繰り返しながら、私は去り際に放たれた一言を反芻(はんすう)した。

「ありがとう、か……」

スカーレットお姉様にきちんとお礼を言われたのは、何年ぶりかしら？

長らく、感謝なんてされていなかった気がする……妹の私は、姉に尽くして当たり前と思われていたから。

『姉の引き立て役に徹する』と宣言した時でさえ、『ありがとう』なんて言われなかった。

過去の記憶を手繰り寄せる私は、『昔の姉だったら絶対に感謝なんかしなかった』と考える。

――――と同時に、『傲慢で強欲で豪快な姉はもう居ないのかもしれない』と思った。

「お姉様も変わったのね」

姉の引き立て役をやめた自分と同じように姉も日々成長しているのだと、今更ながら悟る。

何となく感慨深い気持ちになり、スッと目を細める中――――誰かに部屋の扉をノックされた。

「シャーロット！　僕だよー！　入るねー！」

「ちょっ……おまっ！」

聞き覚えのある声が聞こえたかと思えば、こちらの返事も聞かずに扉を開け放たれる。

そこには、案の定とでも言うべきか……エルヴィン様とキース様の姿があった。

「おい、エル！　いきなり扉を開けるなって、いつも言っているだろ！　取り込み中だったら、どうするんだ！」

「えー？　でも、結果的に何ともなかったんだし、別に良くなーい？」

ガミガミと説教するキース様を尻目に、エルヴィン様は何食わぬ顔で室内へ足を踏み入れる。

全く悪びれる様子もない彼の態度に、キース様は当然ながら激怒した。

「良くねぇーわ！『終わり良ければ全て良し精神』は、もうやめろ！」

「でも、世の中結果が全てじゃーん」

「それは戦果や実績の話だろ！　礼儀作法やマナーは、また別の問題だ！」

『ああ言えばこう言う』の典型であるエルヴィン様に正論を振りかざし、キース様は憤慨する。

今にも胸ぐらを摑み上げそうな勢いだったが、一応病人の前ということで自制しているようだ。

そして、五分ほど説教に費やすと、キース様はようやく怒りを収める。

「はぁ……うるさくして悪かったな、シャーロット嬢」

「い、いえ……大丈夫です」

胸の前で小さく手を振る私は、『どうかお気になさらず』と苦笑いした。

『相変わらず苦労の絶えない人だな』と同情する中、キース様はこちらに確認を取ってから入室する。

宮廷魔導師団唯一の常識人とも言える彼は、後ろ手で扉を閉めると、こちらに向き直った。

「んじゃ、まずは体調の確認からするか」

ガシガシと頭を掻きながら、キース様はベッドの傍まで歩み寄る。

でも、異性ということを考えて一定の距離を保ってくれた。

対するエルヴィン様は遠慮なくこちらへ接近し、姉の座っていた椅子に腰を下ろす。

『躊躇』なんて言葉は、彼の辞書になかった。

「さっき、僕達を呼びに来た癖毛は『風邪っぽい症状しか出ていない』って言っていたけど、それって本当ー？」

「はい、本当です。間違いありません」

姉のことを『癖毛』と表現したことに苦笑いしながら、私は首を縦に振る。

『エルヴィン様らしい呼称だな』と肩を竦める中、キース様は腰に手を当てた。

「なら、概ねこっちの予想通りだな」

特段驚いた様子もなく事実を受け止めるキース様は、『やっぱりな』という反応を見せる。

恐らく、眠っている間に診察は終わっていたのだろう。

そうでなければ、『風邪っぽい症状』という単語に面食らっていた筈だ。

「もう知っていると思うが、体調不良の原因は魔力回路の損傷だ。放っておけば、そのうち治る。

というか、有効な治療方法がそれしかない」

「魔力回路は、繊細な器官だからねー。下手に手を加えると、逆に悪化させちゃうしー。自然治癒に任せるのが、一番！」

ピンッと人差し指を立てて力説するエルヴィン様は、少しだけ前のめりになる。

可愛いお顔をこちらに近づけ、彼はニッコリと笑った。

「だから――――シャーロットは、しばらく魔法の使用禁止ねー！　今、魔法を使うと、魔力回路に更なる傷が出来ちゃうからー！」

『絶対安静ね！』と念を押すエルヴィン様は、少しだけ語気を強める。

しっかり釘を刺しておかないと、私が勝手に魔法を使うかもしれないと思ったのだろう。

まあ、全くもってその通りだが……。

魔術で負担を減らして、初級魔法のみ使用する……でも、ダメなのかしら？

さすがに一切魔法を使えないのは、辛いのだけど……魔法は私にとって、生活の基礎であり、体の一部だから。

何をやるにも魔法頼りだった私は、困惑気味に眉を顰める。

ある意味空気を奪われるより辛い状況に、ショックを隠し切れなかった。

ガックリと肩を落とす私に、キース様は『そんなに落ち込むなって』と励ます。

「不便かもしれねぇーが、しばらくの辛抱だ。きちんと静養すれば、夏休みが終わる頃までには回復するから」

「そーそー！　無理をしても、いいことはないんだから、少しくらい我慢してー！　いーい？　自分一人じゃ、どうにもならないことは、遠慮せず周りに頼るんだよー！」

『言ってくれれば、僕らも力を貸すしー！』と言い、エルヴィン様は腰に両手を当てる。

そして、椅子の上に立ち上がると、上から覗き込むようにしてこちらを見下ろした。

「シャーロット、分かった？」

「は、はい……」

基本的に楽観主義のエルヴィン様にここまで言われては反論出来ず……私は渋々頷いた。

『雷帝に言われてはしょうがない……』と項垂れる私の前で、エルヴィン様は満足そうに微笑む。

シトリンの瞳に安堵を滲ませる彼は、椅子から飛び降りると、そのまま座り直した。

「んじゃ、次は事情聴取ねー！　シャーロットの持っている情報、ぜーんぶ教えてー！」

バッと両手を広げたエルヴィン様は、早速質問を繰り出す。

求められるまま自分の回答を口にする私は、熱でぼんやりとする頭に鞭を打った。

当時の記憶を呼び起こす私の前で、キース様は懐から取り出した手帳に会話の内容を書き留める。

と言っても、魔術による自動口述筆記を利用しているため、両手は空いているが……。

アレ、結構便利よね。記録の手間が省けて、作業に没頭出来るから。

私も魔法の研究をする際は、よく使っているわ。

『本来であれば、今年の夏もお世話になる筈だったのだけれど……』と、私は内心肩を落とす。

夏休みを利用して研究に没頭するという夢が潰えた今、自動口述筆記を利用するのはまだ先になりそうだった。

『嗚呼、早く魔法を使えるようになりたい！』と願う中、エルヴィン様は質問を終える。

「なるほどねー！　大体、分かったよー！　ありがとー！」

「んじゃ、質問したこと以外に事件に関わりのありそうなことや気になるところは、あるか？」

『どんなに些細なことでも構わないぞ』と言って、キース様はこちらの返答を待つ。

思いのほか捜査が行き詰まっているのか、手掛かりを探しているようだった。

『気になるところ……』と復唱する私は、顎に手を当てて考える。

――――と、ここでクラリッサ様の言葉をふと思い出した。

『今回の林間合宿は一波乱ありそうだから、気をつけた方がいいわよ。くれぐれも用心なさい』

あれは結局、どういう意味だったのだろう……？

もし、動物の死体に襲われることを示唆していたなら……って、そんな訳ないわよね。

だって、クラリッサ様も事件現場に居たのだから。

もし、事件の関係者なら現場を離れている筈……あれ？　でも――――。

「――――動物の死体に襲われてから、ずっとクラリッサ様の姿を見掛けていないような……？」

熱で溶けそうになる思考を必死に動かし、私は当時の記憶を遡る。

でも、いくら探しても……クラリッサ様の姿は見つからなかった。

タラリと冷や汗を流す私は、『まさか……』と嫌な予感を覚える。

い、いや……違う！　そう、きっと私の勘違いよ！

あのときは動物の死体に集中していて、たまたま視界に入らなかっただけで……！

クラリッサ様が危険を察知して、逃げた訳じゃ……ない……筈よ。多分……。

だって、もしそうなら……クラリッサ様は――――今回の事件に関与していることになるもの。

キュッと唇に力を入れる私は、最悪の展開に眉を寄せた。

『気づかなければ良かった……』と後悔しながら、シーツをギュッと握り締める。

仮に事件の関係者だとして……クラリッサ様は何故、私にあんなことを言ったのかしら？　下手したら、自分に疑いの目が行くのに……。

『危険極まりない行為だわ』と非難する私は、クラリッサ様の真意を探る。そして、とある仮説に行き着いた。

もしかして、クラリッサ様は――――自ら危険を冒すことで、私の信頼を勝ち取ろうとしている……？

自分はこれくらい真剣で、誠実で、純粋に貴方と取り引きがしたい、と示すために。

いや、だとしても、これはあまりにも……無謀すぎるわ。何故、こんなにも必死になって……。

「おい。いきなり、どうしたんだ？　凄い顔、してるぞ」

「クラなんとか嬢が、どうとか言っていたけどー。もしかして、事件の関係者？」

急に顔色を変えた私に驚いたのか、キース様とエルヴィン様はこちらを覗き込んできた。

心配そうに揺れるルビーの瞳とシトリンの瞳を前に、私は少しだけ落ち着きを取り戻す。

――――と同時に、新たな悩みが生まれた。

エルヴィン様とキース様に、このことを話すべきかしら？

確証を持てない状況で話しても、捜査に混乱を招くだけじゃ……？

何より――――捜査の結果、私の勘違いだったら宮廷魔導師団はクラリッサ様を……いや、パーソンズ公爵家を敵に回すことになる。

帝国の財政を担う一族に喧嘩を売るのは、非常に不味い……。

『宮廷魔導師団に当てる予算が減らされるかもしれない……』と、私は不安を覚える。

エルヴィン様やキース様が上手く立ち回れるなら、話は別だが、下手を打つ予感しかしなかった。

特にエルヴィン様は、隠密行動や諜報活動に向いていない。

むしろ、真正面から『君が事件の関係者って、ほんとー？』と聞いていそうだ。

『どうしよう？』と思い悩む私は、チラリと二人の顔色を窺う。

「何を迷っているのか知らねぇーが、事件に関することなら何でも話してくれ。荒唐無稽な話でも構わない」

「捜査に活かすかどうかは、僕達の判断で決めるしー！　気軽に何でも話して！」

『どんと来い！』と言わんばかりに胸を張るキース様とエルヴィン様は、実に頼もしかった。

まあ、それでも不安は拭えないが……。

二人の性格をよく理解している私は、少し考えた後にこう答える。

「分かりました。正直にお話しします。でも、一つだけ約束してください。私の話を信じて捜査する場合は必ず慎重に動く、と」

「分かった」

まだ内容も分かっていないのに、キース様とエルヴィン様は、二つ返事で了承してくれた。

理由を聞こうとしない彼らの態度に、私は『嗚呼、信頼されているんだな』と実感する。

なんだか、照れ臭いような……擽ったいような感覚に襲われる私は、コホンッと一回咳払いした。

「えっと……では、クラリッサ・シンディ・パーソンズ公爵令嬢についてなんですが、実は――――」

クラリッサ様の不可解な言動について、私は出来るだけ正確に説明する。

話が進むにつれ、エルヴィン様はどんどん目を輝かせていった。

「なるほどー！　それは確かに怪しいねー！　調べる価値は、ありそう！」

「でも、相手がパーソンズ公爵家の人間となると、色々厄介だな。表立って捜査は出来ない」

『やったー！』と大喜びするエルヴィン様とは対照的に、キース様は難しい顔つきで黙り込む。

事の重大さを理解しているからこそ、どうするべきか思い悩んでいるのだろう。

『裏でコソコソ動くのは苦手なんだけどなぁ』と零すキース様の傍で、エルヴィン様はニッコリ微笑む。

「まあ、とりあえず情報提供ありがとねー！　助かったよー！　ここから先は、僕達に任せてー！

他に気になるところは、あるー？」

「特にありませんが……強いて言うなら、木箱の件くらいですかね」

ここ数日の記憶を呼び起こし、私は気になった点を口にした。

すると、こちらの様子を見守っていたキース様がスッと目を細める。

「そういやぁ、ソレーユ王国の第三王子も木箱の中身がおかしいとか、なんとか言ってたな。野菜にしては、重すぎるって」

ペラペラと手帳を捲り、証言の内容を確かめるキース様は、少しの間考え込んだ。

「……事件と関係ないかもしれねぇーが、一応確認してみるか。木箱の中身を点検したのは、二年の教師だったか？」

「はい、ルーベン先生です」

「ルーベン、か。分かった」

ポケットからペンを取り出したキース様は、手帳に直接ルーベン先生の名前を書き込む。

そして、再度『他に気になるところはないか？』と私に質問をすると、事情聴取を終えた。

いそいそと手帳を仕舞うキース様の傍で――エルヴィン様は、ポンッと手を叩く。

「あっ、そうそう！　言い忘れていたけど――合宿の参加メンバーは全員無事だよー！　シャーロットのおかげだねー！」

遠回しに『浄化が上手くいった』と述べるエルヴィン様は、笑顔で称賛の言葉をくれた。

褒められ慣れてない私は、なんだか気恥ずかしくて視線を逸らす。

でも、全員生還の報告は素直に嬉しかった。

「皆、無事で良かったです。怪我などは、もう治療なさったんですか？」

「もっちろーん！　まあ、怪我って言ってもちょっとした切り傷や打撲がほとんどだったけどねー！」

「今回、一番重傷だったのはシャーロット嬢だぜ」

『だから、自分の心配をしろ』と主張するキース様は、呆れたように肩を竦める。

エルヴィン様と同様、私の体調を気にかけているようだ。

眉間に刻まれた深い皺から、『自分のことに無頓着すぎだろ』という苛立ちが透けて見える。

ただ、部下でもなければ友人でもない私に、どこまでお節介を焼いていいのか分からず、悩んでいるのだろう。

キース様って、案外理屈っぽいわよね。

まあ、これ以上口煩く言われるのは御免だから、助かるけど……。

『どうせ、帰省したら嫌というほど侍女達に説教されるだろうし』と苦笑し、私は肩を竦める。

でも、私の身を案じてくれる気持ちや心遣いは素直に受け取っておいた。

――――と、ここでエルヴィン様は神妙な面持ちに変わり、重々しく口を開く。

「あと、召喚術についてだけど――――何かしらのペナルティはあると思うから、覚悟しておいて。皆を助けるためとはいえ、ルールを破ったことに違いはないから」

ギュッと小さな手を握り締め、エルヴィン様は真っ直ぐにこちらを見据える。

真剣味を帯びたシトリンの瞳は、ゆらゆらと揺れていて……どことなく悲しげだった。

エルヴィン様は理性より、感情で物事を考えるところがあるから。

隠し切れない不満を露わにする彼の傍で、キース様はガシガシと頭を掻く。

「俺達も上に掛け合ってみるが、お咎めなしとはいかないだろうな……それじゃあ、周りに示しがつかないし」

悩ましげに眉を顰めるキース様は、無力感に苛まれているようだった。

『どうにか出来ないか』と真剣に考える彼らを前に、私は言葉を紡ぐ。

「はい、分かっています。私はどんな処分も受け入れる所存です」

自身の胸元に手を当てる私は、『無罪放免なんて端から考えていない』と主張した。

責任を取る覚悟は出来ている。たとえ、地下牢に放り込まれても、悔いはないわ。

皆の命を未来に繋げた……それだけで満足よ。

『家族に迷惑を掛けてしまうことだけが難点だけど』と、私は子爵家の行く末を案じる。

『あくまで私個人の責任として、処理して貰えないだろうか』と考える中、エルヴィン様は背もたれに寄り掛かった。

「そっか。ちゃんと覚悟出来ているなら、別にいいよ。僕達から、言うことは何もない」

ふと天井を見上げたエルヴィン様は、そっと眼帯に触れる。

『やるせない』という感情を前面に出す彼に、キース様は手を伸ばした。

かと思えば、グシャグシャと掻き混ぜるようにエルヴィン様の頭を撫でる。

「じゃあ、そろそろ俺達はお暇するか。あんま長居しても、迷惑だしな。病人には、しっかり休んで貰わねぇーと」

『俺達はこのあと会議だ』と言って、キース様はピンク髪から手を離す。

見事グチャグチャになった頭に、ムッとするエルヴィン様は『ちょっと何すんのさー!?』と叫んだ。

すっかり普段通りになった彼は、椅子から飛び降り、口先を尖らせる。

でも、自分を元気づけるための行為だと分かっているため、あまり文句は言わなかった。

プクッと頬を膨らませながらも、こちらに向き直ると、エルヴィン様は気持ちを切り替える。

「まあ、とにかくお大事にねー！　体調不良は、まだ続くと思うからさー！」

「皇帝に呼び出されるのはもうちょい先になるだろうから、今のうちにゆっくりしておけ」

体調を気遣うエルヴィン様に続き、キース様も『健康第一で頼むぜ』と告げた。

挨拶もそこそこに二人は身を翻すと、出口へ向かっていく。そして、扉の向こう側へ足を踏み入れた。

最後に、エルヴィン様がバイバイと手を振り、扉を閉める。

刹那――――私はベッドに身を沈めた。

別に気を張っていた訳じゃないけど、なんだかどっと疲れたわね。

『多少なりとも、緊張していたのかな？』と首を傾げる私は、目元に手を当てる。

窓から差し込む光を遮るように位置を調整すると、心地よい眠気に襲われた。

欠伸(あくび)しながら、『もう一眠りするか』と瞼(まぶた)を閉じかけた瞬間――――誰かに部屋の扉をノックされる。

『エルヴィン様たちが忘れ物でもしたのだろうか？』と疑問に思いつつ、私は一つ息を吐いた。

「どうぞ」

ベッドに横になったまま入室の許可を出すと、直ぐさま扉が開く。

そして、扉の向こうから――――銀髪の美女が姿を現した。

まさかの人物に目を見開く中、彼女は素早く扉を閉め、跪(ひざまず)く。

『あっ……』と思った時には、もう遅くて……彼女は床に頭を擦り付けていた。

「でぃ、ディーナ様……!?　一体、何を……!?」

予想外の事態に慌てふためく私は、ガバッと身を起こす。

『えっ!?　何なの!?　これ！』と混乱しながら、私はディーナ様の後頭部を凝視した。

動揺のあまり眠気など吹っ飛んだ私に、彼女は――――謝罪の言葉を叫ぶ。

「シャーロット嬢、すまなかった……！　謝って済む問題ではないが、それでも謝らせてほしい！本当に……本当に申し訳なかった！」

全身全霊という言葉が似合うほど深々と頭を下げるディーナ様は、どこまでも真っ直ぐだった。

拍子抜けするほどいつも通りの彼女に、私はパチパチと瞬きを繰り返す。

『単独行動に走っていたディーナ様は何処へ？』と、困惑した。

「私の心が弱かったせいで、いらぬ苦労を掛けてしまった……！　私が風紀委員長としての役目を全うしていれば、シャーロット嬢に無理をさせる必要はなかったかもしれない！　少なくとも、一人で敵に立ち向かうことにはならなかっただろう！　狩りチームと合流するまでの間とはいえ、全ての負担を押し付けてしまい、申し訳なかった！」

半ば捲し立てるように謝罪するディーナ様は、床に額を擦り付けたまま動かない。

恐らく、言葉や態度で精一杯の謝意を示しているのだろう。

「自分の行いをこれほど恥じたことはない！　シャーロット嬢が望むなら、どんな罰も受け入れ……」

「ちょ、ちょっと待ってください！　いきなり、そんなことを言われても困ります……！」

ようやく我に返った私は、ディーナ様の言葉を遮り、落ち着くよう促す。

とりあえず顔を上げてもらうよう頼むと、彼女はおずおずといった様子で顔を上げた。

「そ、そうだな……すまない。少し先走ってしまったようだ」

僅かに声のトーンを落とし、項垂れるディーナ様は申し訳なさそうに眉尻を下げる。

『また暴走してしまった』と反省しているのか、顔色は随分と暗かった。

『後悔』の二文字が滲む彼女の言動に、私はどう反応するべきか悩む。

許すのは簡単……『誰にだって、そういうことはありますよ』と笑顔で言えばいいだけだから。

でも、今回の場合、『はい。じゃあ、今度から気をつけてね』で済む問題ではなかった。

なにせ、人の命を危険に晒したのだから……。

今後のためにも、もう少し――――ディーナ様の心に踏み込んでおくべきだろう。

何より、単独行動に出た意図や原因を明らかにしておけば、今後に役立つかもしれない。

同じ轍を踏まないという意味でも、知っておいて損はなかった。

『放置』という選択肢を脳内から消した私は、覚悟を決める。

一度深呼吸して気持ちを落ち着かせると、私は怠い体に鞭を打ち、居住まいを正した。

乱れた髪や服も手早く直し、私はスッと表情を引き締める。

「あの……聞いてもいいですか？　ディーナ様は一体、何故あのような行動に走ったのですか？

原因を教えてください」

出来るだけ淡々とした口調で、私は質問を投げ掛けた。

優しく諭すように聞き出すのも、責め立てるように詰問するのも、なんだか違う気がしたから。

本音を言いやすい雰囲気（環境）にしつつも、甘やかさないのが最善だと判断した。

『言いづらいなら、話さなくても結構です』という一言を必死に呑み込む中、ディーナ様は唇を引き結ぶ。

グッと何かを堪えるように俯き、彼女は大きく息を吐き出した。

まるで、自分の中にある迷いや葛藤を追い払うかのように……。

そして、肺に溜まった空気を全て放出すると、ディーナ様は躊躇いがちに口を開く。

「……単独行動に走った、そもそもの原因は——両親からの手紙だ。いや、もっと正確に言うと、両親に私の夢を反対されたこと……かな」

普段のディーナ様からは想像もつかないほど弱々しい声色で、事の発端を述べた。

哀愁の滲む姿に、私は胸を痛めるものの、静かに次の言葉を待つ。

それが、彼女への礼儀だと思ったから。

間違っても急かすような言動をしないよう、心掛ける中、ディーナ様はゆっくりと顔を上げた。

先程までの弱々しい姿はもうなく、凛とした面持ちでこちらを見据える。

「シャーロット嬢、先に言っておく。これは決して、愉快な話じゃない。それでも良ければ、聞いてほしい」

「はい、お願いします」

間髪容れずに頷いた私に、迷いなどなかった。

ディーナ様の本音を知る覚悟は、もう出来ているから。

ここまで来て、今更怖気付く（おじけづく）ほど根性のない人間ではない。

『ちゃんと受け止める』と態度で表す私に、ディーナ様は一つ頷き、言葉を発した。

「私と両親は昔から、折り合いが悪かった。というのも、私の思い描く将来と両親の望む理想が全く違ったから……。もう薄々勘づいているかもしれないが、私の夢は騎士になることだ」

変に取り繕ったり、誤魔化したりせず、ディーナ様はただ真っ直ぐに想い（おもい）を伝える。

声色は硬く、落ち着いているものの、炎を彷彿とさせる熱意と力強さがあった。

「私は弱き者を助け、強き者に立ち向かう騎士の姿に憧れた。まるで、英雄（ヒーロー）みたいだと思ったから。誰かのために命を投げ出せる覚悟も、騎士としての誇りを守ろうとする精神も、全て格好良くて……私も将来は騎士になりたいと強く願った。いや、願わずにはいられなかった。だって、彼らの生き方は私の理想そのものだから」

堂々とした物言いで、自分の夢を語るディーナ様はどことなく輝いて見えた。

まるで、恋をしているようだと思う。

一つの目標にここまで一生懸命になれるなんて、ある意味羨ましかった。

「だけど、両親は私にヘイズ侯爵家の長女として、いい家柄の男性と結婚することを望んだ。女の私が、騎士の道に進む必要はないと思っているから。口を開けば、小言ばかりだよ。『早く夢を諦めなさい』とか『女のお前では力不足』とか、な。まあ、大して気にしていなかったが――――最初のうちは」

どこか含みのある言い方で言葉を切ったディーナ様は、そっと目を伏せる。

握り締めた拳や震える唇からは、様々な感情が窺えて……彼女の複雑な心境を悟った。

「私は両親に反対されながらも、騎士の夢を追い続けた。『自分なら、きっとなれる』と信じていたから……私は決して、努力を惜しまなかった。おかげで、実力はどんどん伸びていった。でも──歳を追うごとに成長スピードは落ち、女であることが足枷になった。どれだけ練習しても、男ほどの成果は得られない現実に絶望したんだ」

やるせない気持ちを声色に滲ませ、ディーナ様はグニャリと顔を歪める。

『理不尽だ！』と嘆く心を押し殺し、彼女は自身の腕を見下ろした。

細く、小さいソレは『女性らしい』の範疇に収まるもので、お世辞にも強そうとは言えない……騎士という職業を考えると、少々物足りないように思えた。

ディーナ様も同じ感想を抱いたのか、苦々しい表情で話を続ける。

「そしたら、前まで気にならなかった両親の叱責が急に気になり始めた。正直、焦った……このままでは、騎士になれないんじゃないか？　と。不安になるあまり、私は自信を失った」

自嘲気味に本音を吐露するディーナ様は、ふと天井を見上げた。

「だから、一刻も早く武勲を立て、自分の実力を両親に認めてもらいたかった……そうじゃないと、覚悟が鈍りそうだったから」

自分の弱い部分をしっかり自覚しているディーナ様は、『情けない』とでも言うように頭を振る。

そして、泣き笑いにも似た表情を浮かべた。

「私は……両親に自分の夢を肯定して貰えれば、また自信が戻ってくると思ったんだ」

絞り出すような声で、全ての原因を……核心の一言を放ったディーナ様は、力なく項垂れる。

『これで話は終わりだ』とでも言うように固く口を閉ざし、扉に寄り掛かった。

自分の本音と向き合ったせいで、疲れているのだろう。

それでも、ちゃんと最後まで語ってくれた彼女には感謝しかない。

理想と現実の差異、両親からの反対、女性として生まれた葛藤……きっと、ディーナ様はたくさん悩んできたんでしょうね。

迷って、焦って、躊躇って……それでも、決められなくて……今回のような行動に走ってしまった。

人の命を危険に晒す行為は、決して許されるものじゃないけど……ディーナ様の気持ちだけは肯定してあげたい。

そう思うのは、私のワガママだろうか？

『夢』という言葉の重みを知った私は、自分なりにディーナ様の本音と向き合った。

胸の奥から湧き上がる様々な感情に、私は目を細める。

「ディーナ様。単独行動に走った原因を打ち明けていただき、ありがとうございました。色々と腑に落ちました」

暗い雰囲気を払拭するように柔らかく微笑む私は、少しだけ肩の力を抜いた。

「でも、正直驚きました。ディーナ様がそんなに追い詰められているなんて、知りませんでしたから。いつも堂々としていて、格好いいとしか思っていませんでした」

『何かに悩んでいるイメージなんてなかった』と素直に白状し、私は肩を竦める。

――――と、ここでディーナ様が顔を上げた。

不安を露わにする琥珀色の瞳は、縋るような……でも、どこか突き放すような光を帯びている。

「……幻滅したか？」

「いいえ、まさか。真剣に将来を考え、迷っている姿に幻滅など有り得ません。むしろ、尊敬しています。私はまだ将来のことなんて、全然考えていませんから。なので、夢を追い掛けるディーナ様も、現実と向き合うディーナ様も私は凄いと思います。本当の意味で、自分の人生を歩んでいるような気がして……」

『羨ましい』と述べる私は、自分の幼さを痛感した。

『自立した大人になる』とは、どういう事なのか……思い知らされたような気がしたから。

勉強するだけでは得られない経験をたくさん積んだディーナ様からすれば、私はまだまだ未熟者だろう。

『もっと頑張らないとね』と自分に言い聞かせる中、彼女は僅かに目元を和らげた。

「そうか……ありがとう。まさか、そんな風に言って貰えるとは思わなかった。悩むのは、恥ずかしい事だとばかり思っていたから……でも、そうじゃないんだな。シャーロット嬢のおかげで、こんな自分も案外悪くないと思えたよ」

『別人か？』と疑うほど穏やかな声で礼を言ったディーナ様は、はにかむように笑う。

初めて見た彼女の素顔は綺麗というより、愛らしいという言葉がよく似合った。

『ああ、ディーナ様も女の子なんだな』と改めて実感する中、彼女はスクッと立ち上がる。

「それでは、私はこれで失礼する。体調を崩しているのに、長居して悪かった。くれぐれも、お大事に」

晴れやかな表情で別れの挨拶を口にすると、ディーナ様はドアノブに手を掛けた。

個人的にはもう少しお話ししたかったが、体調もそろそろ限界なので、素直に送り出す。

『お話し出来て良かったです』と告げると、彼女は少し笑って手を挙げた。

かと思えば、直ぐに視線を前に戻し、退室していく。

パタンと閉まる扉の音を最後に、私はベッドに倒れ込んだ。

はぁ……体が怠くて、しょうがないわ。もう指一本、動かせない……。

でも、ディーナ様の本音を聞けて良かった。来訪を受け入れたことに、後悔はないわ。

『体調悪化のリスクを背負うだけの価値はあった』と満足し、私はそっと目を瞑(つぶ)る。

そして、今度こそ意識を手放そうとした瞬間──再び扉をノックされた。

既視感すら覚える展開に、私は『いや、またかい！』と叫びそうになる。でも、既(すんで)のところで何とか堪えた。

『今度は一体、誰だ？』と思いながら、うっすら目を開けると──聞き覚えのある声が届く。

「──シャーロット嬢。俺だ。このままの状態でいいから、少し話をさせて欲しい」

遠回しに『入室するつもりはない』と言い、扉越しの対応を望んだのは──グレイソン殿下だった。

部屋に入らないのは恐らく、密室に男女二人きりという状況を避けるためだろう。

周囲に変な勘ぐりをされては、お互い困るから……。

「は、はい……分かりました」

『もう起き上がる気力も体力もなかったから、助かった』と安堵しつつ、私は声を張り上げる。

ベッドに横になったまま、扉の方を見つめる私はギュッとシーツを握った。

「それで、えっと……何の用でしょうか？」

「動物の死体を一掃した件について、少し言いたいことがあるんだ」

扉の向こうから返ってきた言葉に、私は目を白黒させる。

感情の起伏がない声色に加え、口調も淡々としていることから、話の意図を全く理解出来なかった。

い、言いたいこと……？　もしかして、私の魔法に不備でもあったんだろうか？

エルヴィン様やキース様は何も言わなかったけど、現場に居合わせた人にしか分からない難点があったのかもしれない。

シーツを握る手に力が入り、『一体、何を言われるのか』と身構える。

バクバクと激しく脈打つ心臓を他所に、私は『何でしょう？』と話の先を促した。

「シャーロット嬢、頼むから――――もうあんな無茶はしないでくれ……心臓が止まるかと思った」

グレイソン殿下にしては珍しく感情的で、弱々しい声に、目を見開いた。

――と同時に言葉の意味を理解して、私は狼狽える。

本気で心配してくれたのかと思うと、嬉しいやら申し訳ないやらで居た堪れなかった。

「わ、分かりました……もう無茶はしません」

先程とは違う意味で高鳴る心臓に戸惑いながらも、きちんと返答する。

見える訳もないのに『うんうん』と何度も頷く私を他所に、グレイソン殿下は一つ息を吐いた。

「なら、いい」

ぶっきらぼうに言い放ったグレイソン殿下は、普段通りの無愛想に戻る。

顔は見えないが、きっと無表情に違いない。

「話も済んだし、俺はこれで失礼する。言われなくても分かっていると思うが、安静にするんだぞ」

『間違っても魔法は使うなよ』と釘を刺し、グレイソン殿下はその場から離れる。

徐々に遠ざかっていく足音を前に、私は『もう行ってしまうのか』と残念に思った。

まあ、体調を考えると、これ以上の対話は不可能なんだけど……。

『正直、もう限界だからなぁ』と苦笑いしつつ、私はシーツに包まる。

グレイソン殿下にも、安静にするよう言われたばかりだし、ここは大人しく眠りましょう。

無理をしても、いいことはないし。

『説教でもされたら堪らない』と考え、私は眠気に誘われるまま目を閉じた。

――体調不良で数日寝込んだ私は、宮廷魔導師団の帰城に合わせて、別荘を後にした。

そして、他の生徒達と同じように実家へ帰省する……訳もなく、皇城へ足を運ぶ。

キース様に予告された通り、皇帝陛下から呼び出しが掛かったのだ。

理由はもちろん、召喚術の無断使用に伴う責任と処罰について、皇室の決定を言い渡されるためである。

やっと魔力切れの症状から解放されたのに、一息つく間もなく、処断されるなんて……。

どんなに厳しい罰でも受け入れるつもりだけど、もう少し待って欲しかった……って、被告人の立場にある私が言えることじゃないけど。

『はぁ……』と深い溜め息を零す私は、体内魔力の流れに意識を向けた。

魔力の循環は辛うじて出来る程度に回復したけど、完治には程遠い……。

自由に魔法を使える日は、まだまだ先ね。

依然として傷ついたままの魔力回路に肩を落としつつ、私は案内された客室で服を着替える。

皇后陛下に用意してもらったドレスに袖を通す私は、羽根のような軽さと通気性に目を剥いた。

デザインも洒落(しゃれ)ていて、淡い海を彷彿とさせる。

さすがは、皇后陛下御用達(ごようたし)のブティックね。

急ごしらえとは思えないほど、素敵だわ。

正直、子爵令嬢に過ぎない私が着てもいい代物なのか迷うけど……今更、突き返すのも失礼よね。

何より――これはディーナ様の不始末に対するお詫びとして、用意されたもの。

『姪の責任を少しでも、軽くしよう』という、皇后陛下の気遣いを無駄にする訳にはいかないわ。

『これは有り難く受け取っておこう』と心に決め、私はダイヤモンドのネックレスを軽く撫でる。

『装飾品まで一級品ね』と瞠目すると、私は身支度を手伝ってくれた侍女達にお礼を言った。

『当然のことをしたまでです』と社交辞令を述べる彼女達に軽く会釈し、廊下に出る。

そして、真っ先に目に入ったのは――壁に寄り掛かるキース様とエルヴィン様の姿だった。

彼らはこちらに気がつくと、壁から身を起こし、フッと笑う。

「おっ？　似合っているじゃねぇーか」

「シャーロット、すっごくきれーい！」

待機時間の長さに文句を言うでもなく、キース様とエルヴィン様は正装姿を褒めてくれた。

率直な感想ともいうべき物言いに、私は少し照れながらも『ありがとうございます』と礼を言う。

これから処罰を受けに行くというのに、なんだか気が緩んでしまった。

僅かに頬を緩める私の前で、キース様はふと表情を引き締める。

「悪いが、俺達が同行できるのはここまでだ。ここから先は、シャーロット嬢一人で行ってくれ」

「本当は謁見の間まで案内したかったんだけど、僕達も調査報告をしなきゃいけないからさー！」

『ごめんよー』と両手を合わせるエルヴィン様は、上目遣いでこちらを見つめる。

母性を擽られるあざとい仕草に、私は一瞬心を奪われるものの……何とか持ち堪えた。

だって、本人は至って真剣だから……『可愛い』なんて、思っちゃいけない。

『エルヴィン様に失礼だ』と己を戒める中、キース様は廊下の奥を指さした。

「謁見の間は、ここを真っ直ぐ行った先にある。衛兵にはもう話を通してあるから、安心してくれ。名前を言えば、直ぐに扉を開けてくれる」

親切にあれこれ説明してくれたキース様は、気遣わしげな視線をこちらに向ける。

『一人で大丈夫そうか？』と問う眼差しに、私は首を縦に振った。

「何から何まで、ありがとうございます。これなら、私一人でも問題なさそうです」

『色々手配していただいて、助かりました』と感謝を述べ、私は小さく頭を下げる。

『なら、良かった』と安堵する二人は、僅かに表情を和らげた。

「んじゃ、ちゃちゃっと終わらせてこい」

「頑張ってね、シャーロット！」

「はい、行って参ります」

励ましの言葉に頬を緩めながら、私はキース様の指さした方角に足を向けた。

宮廷魔導師団の2トップに見送られるという、貴重な体験をしながら、私は一歩前へ踏み出す。

『戦地に赴く兵士のような気分ね』と笑みを零す中、正面から身なりのいい男性が歩いてきた。

白髪混じりの赤髪と海を彷彿とさせる瞳が特徴の彼は、私とすれ違う瞬間――――チッ！　と舌打ちする。ついでに物凄い形相で睨まれた。

えっ……？　いきなり、何……？　何か気に障るようなことでもした……？

全く知らない人から向けられた敵意に戸惑う私は、思わず足を止めた。

そのまま、後ろを振り返りそうになるものの……既のところで我慢する。

下手に絡まれると、面倒だから。

ただでさえ、今の私は微妙な立場にある。なのにまた問題を起こせば、ややこしいことになるかもしれない。

正直、納得はいかないが、聞かなかったフリをするのが一番だろう。

『君子危うきに近寄らず』という異国の言葉を胸に刻み込み、私は再び歩き出した。

そして、謁見の間に繋がる大きな扉を目視したところで――――壁際に佇む二人の男女に声を掛けられる。

「あの……突然呼び止めてしまって、ごめんなさい。でも、確認したいことがあって……」

「貴方はシャーロット・ルーナ・メイヤーズ子爵令嬢で、いらっしゃいますか……？」

茶髪の女性と銀髪の男性は、おずおずといった様子で質問を投げ掛けてきた。

二人とも、品のいい感じで装いも立派なことから、貴族だと推察出来る。

皇城に出入り出来るくらいだから、かなり身分の高い方達だろうに、物腰は随分と柔らかかった。

『先程の男性とは大違いだ』と驚きながら、私は首を縦に振る。

「は、はい。そうですが……あなた方は？」

「申し遅れました。私はデューク・シルヴァー・ヘイズで、こちらは妻のヒラリー・プラタ・ヘイズです」

代表して挨拶を行う銀髪の男性――改め、デューク様は恭しく頭を垂れる。

彼の妻であるヒラリー様もドレスのスカート部分を摘み上げ、優雅にお辞儀した。

子爵令嬢相手にも礼儀を欠かさない二人に、私は感動する――より先に動揺した。

何故なら、彼らの苗字には聞き覚えがあったから。

ヘイズって、まさか侯爵家の……？　だとすれば、彼らは――。

「――ディーナ様のご両親、ですか……？」

脳裏に思い浮かんだ疑問をそのままぶつけると、二人は『はい』と頷いた。

見事予想が的中した私は、『やはり、そうでしたか』と表情を和らげる。

親子と認識した上でよく見てみると、どことなくディーナ様の面影を感じた。

それにしても、一体何の用かしら？　お二人の様子からして、私のことを探していたようだけど
……まさか、文句でも言いに来たのかしら？

相当厳しい人達のようだから、ディーナ様の暴走を止められなかった私に、思うところがあるのかもしれない……。

ディーナ様に教えてもらった情報から、侯爵夫妻の人柄を推察する私は、少しだけ身構える。

偏見を持つのは良くないかもしれないが、他の誰でもない実娘から得た情報なので、無視は出来なかった。

「えっと……それで、どういったご用件でしょうか？」

若干表情を強ばらせる私は、本題に入るよう促す。

正直、逃げることも出来たが、問題の先送りにしかならないので覚悟を決めた。

『忙しいのでまた今度』という言葉を必死に呑み込む中、侯爵夫妻は――――そっと眉尻を下げる。

「林間合宿の件で、娘が大変ご迷惑をお掛けしたと聞きました。なので、直接謝罪をと思い……」

「本来であれば、もっと早くに伺うべきでしたが、体調を崩されていると聞いて……いえ、これは言い訳ですね。すみません」

申し訳なさそうに俯くデューク様とヒラリー様は、謙(へりくだ)った態度を取った。

これでもかというほど低姿勢で、小言を零すこともない。

予想とは真逆の対応に心底驚く中、二人は深々と……本当に深々と頭を下げた。

「この度は誠に申し訳ございませんでした。心より謝罪申し上げます」

「決して許されないことだとは、分かっています。ですが、せめて償いをさせてください」

親としてディーナ様の不始末を詫びるデューク様とヒラリー様は、弁解すらしない。

さすがはディーナ様のご両親とでも言うべきか、かなり真面目だった。

私としては、もう本人から充分謝罪して貰っているから、償いなんて不要だけど……それじゃあ、恐らく納得しないわよね。

罪の意識から解放するためにも、何かしら要求をした方がいいかもしれない。

『そちらの方が角(かど)も立たないし……』と考え、私は口を開いた。

「では、一つだけよろしいですか？」

「もちろんです」

「何なりとお申しつけください」

『何でもする』という強い意志と覚悟を見せた侯爵夫妻に、私は要求を伝える。

「ディーナ様の夢を否定しないであげてください。『肯定しろ』とまでは、言いません。騎士は厳しい職業ですし、危険もありますから。ただ、『お前には出来ない』と決めつけないでほしいんです」

他所の家庭にあまり干渉するべきじゃないと理解しつつも、私は口を出した。

償いと題した私の願望に、侯爵夫妻は目を見開いて固まる。そして、困惑気味に視線をさまよわせた。

『分かりました』と直ぐに応じない二人の姿に、私は一つの確信を得る。

侯爵夫妻が世間の目を気にして、娘の夢を否定している訳じゃないことは、分かった。

小娘相手にも頭を下げる方達だから、きっと世間の目なんて、大して気にしていないだろう。娘の夢を天秤（てんびん）に掛けるとなれば、尚更……。

それでも、反対したのはきっと——ディーナ様の将来を心配しているから……。

親として、愛する娘に楽な道を歩んでほしいと願うのは、当然のこと。誰も茨の道へ誘導しようとは、思わないだろう。

「デューク様とヒラリー様のお気持ちは、分かります。危険と隣り合わせの職業なんて、認められる筈ありませんよね。でも……それでも、私はディーナ様の味方をしたい」

説得というには自分本位で、懐柔というには物足りない言葉を並べる。

だって、侯爵夫妻相手に交渉など元より不可能だから……私に出来ることなんて、本心を曝け出すことくらいだろう。

ならば、精いっぱい自分の考えを語るだけだ。

「別に騎士になって欲しい訳では、ありません。私はただ――ディーナ様の決断を、選択を、将来を応援したいだけです。たとえ、それがどんなに突拍子のないことであったとしても」

「なる、ほど……」

「……シャーロット嬢のお考えは、よく分かりました」

悩ましげに眉を顰めるデューク様と困ったように額を押さえるヒラリー様は、暫し黙り込む。

そして、互いに目を合わせると、不意に肩の力を抜いた。

アイコンタクトでも送り合っていたのか、二人は覚悟を決めたように顔を上げる。どうやら、結論はもう出たらしい。

色よい返事を期待する私の前で、デューク様とヒラリー様は口を開いた。

「シャーロット嬢の要求を――受け入れます」

「これからは、ディーナの夢を否定しません」

『だからと言って、応援は出来ませんが……』と零しつつも、二人は了承の意を示す。

満足のいく返事を貰った私は、笑顔で頭を下げた。

「ありがとうございます」

「いえ、お礼を言うべきなのは私達です」

「ディーナのことに心を砕いてくださり、誠にありがとうございます」

これでもかというほど深々と頭を下げる侯爵夫妻は、最後まで筋を通す。

真面目過ぎる二人の態度に苦笑しつつ、私はゆっくりと顔を上げた。

「それでは、私はこれで」

『ごきげんよう』と挨拶すると、私は侯爵夫妻の横を通り過ぎる。

そろそろ、約束の時間に遅れそうなので、ほんの少しだけ歩調を速めた。

そして、無事に謁見の間まで辿（たど）り着くと、衛兵に声を掛ける。

キース様の言った通り、名を名乗ると、直ぐに『あぁ、シャーロット嬢ですね』と納得して貰えた。

両脇に控える二人の衛兵は愛想良く笑いながら、観音開きの扉に手を掛ける。

「シャーロット・ルーナ・メイヤーズ子爵令嬢のご入場です！」

拡声魔法により大きくなった声で入場を宣言すると、観音開きの扉を一気に開け放った。

扉の向こうには、煌（きら）びやかな空間が広がっており、謁見の間に相応（ふさわ）しい厳（おごそ）かな雰囲気を放っている。

玉座まで続く長い長いレッドカーペットを見つめ、私はゴクリと喉を鳴らした。

『どうぞ』と促す衛兵に一つ頷き、謁見の間へ足を踏み入れる。

以前はエルヴィン様やキース様も一緒だったから、何とか前を向いて歩けたけど、一人だと足が震えるわね……。

一瞬でも気を抜いたら、倒れそう……。

呼び出された理由が特殊ということもあり、私は異様なまでに緊張感を煽られた。

『こんな時に魔法を使えないなんて……』と嘆く私は、心細い気持ちになる。

いざという時、体を浮かせることも出来ないのかと思うと、不安で堪らなかった。

『絶対に失敗出来ない』と身構える私は、半ば表情を強ばらせながら、玉座の前まで辿り着く。

そして、サッと跪くと、皇帝陛下に勘づかれないよう小さく息を吐いた。

「――面を上げよ。楽にしてくれて、構わない」

威厳のある声に促されるまま、私はゆっくりと顔を上げる。

金色の玉座には、金髪の美丈夫が腰掛けており、穏やかな表情でこちらを見下ろしていた。

怒りや失望といった感情は、見受けられない……それどころか、好感を抱いているようにすら見える。

せっかく、前回の登城の際に色々決めたのに……無駄になって、怒っていないのだろうか？

『勝手なことをしてくれたな』くらいは、言われるかと思ったけど……。

『嫌味の一つも言わないなんて……』と驚く私は、困惑気味に眉尻を下げた。

木漏れ日のように温かい眼差しを前に、私はとりあえず挨拶しようと、口を開く――が、しかし……皇帝陛下に止められた。

「言っておくが、堅苦しい挨拶は不要だぞ。我々の仲なのだから、省略しても構わないだろう」

『ここには口うるさい宰相も居ないからな』と言い、皇帝陛下は肩を竦める。

『礼儀作法など、どうでもいい』という態度に毒気を抜かれ、私は小さく頷いた。

大人しく口を閉ざした私の前で、皇帝陛下はスラリと長い足を組む。

「さて――――早速本題に入るとするか」

おもむろに自身の顎を撫でると、皇帝陛下はゆるりと口角を上げた。

不敵に笑う陛下を前に、私は『いよいよね』と気を引き締める。

「では、まず事実確認を行う。連日の取り調べでうんざりしているかもしれないが、我慢してほしい」

『そういう決まりなんだ』と説明する皇帝陛下に、私は構わないと頷いた。

すると、陛下は満足そうに微笑み、傍に控える文官から書類を受け取った。そして、書面に視線を落とす。

「シャーロット嬢、そなたは林間合宿のトラブルに際し、無断で召喚術を使用した……これに嘘はないな？　正直に答えよ」

「はい、嘘はありません。全て事実でございます」

『命を賭けても構いません』と言い、私は胸元に手を添えた。

恭しく頭を垂れる私に、皇帝陛下は更なる質問を投げ掛ける。

「引率教師のナイジェル・ルーメン・カーター伯爵やサイラス・エルド・ラッセル男爵に許可を

取った事実は……？」

「ありません。完全に私の独断です」

「そうか」

『調査報告に嘘はなさそうだな』と呟き、皇帝陛下は手に持った書類を文官に戻す。

そして、こちらに視線を戻すと、スッと真剣な表情に変わった。

謁見の間を満たす空気も重くなり、『あぁ、ついに処罰を言い渡されるのだ』と悟る。

胸の奥から湧き上がる不安を誤魔化すようにギュッと手を握り締める中、皇帝陛下は口を開いた。

「では、本件の判決を言い渡す。シャーロット・ルーナ・メイヤーズ子爵令嬢、そなたには――召喚術を無断で使用した罰として、賠償金の支払いを命じる」

そこまで一息に言い放つと、皇帝陛下は静かに口を閉ざす。

形のいい唇は声を漏らすどころか、微動だにせず……爵位の降格や投獄といった単語を一切口にしなかった。

『まだ何かあるんだろう』と思い込んでいた私は、困惑気味に瞬きを繰り返す。

「あ、あの……失礼ですが、召喚術の無断使用に関する処罰は、それだけですか？」

「ああ、そうだ」

間髪容れずに頷いた皇帝陛下に、迷いはなく……『嘘ですよね!?』と聞き返すことは出来なかった。

動揺のあまり目を見開く私は、礼儀作法など忘れ、まじまじと陛下の顔を見つめる。

悪ふざけの一環で、処罰内容を省略している……訳では、なさそうね。

いくら陛下と言えど、このような場で嘘はつかないだろうし……。

じゃあ、本当に……本当に賠償金の支払いだけなの？

召喚術の無断使用で科される罰にしては、軽すぎると思うけど……。

拍子抜けとも言うべき処罰内容に、私は戸惑いを覚えた。

『情状酌量の余地があるにしても、これはさすがに……』と、視線をさまよわせる。

ここは謙虚に『もっと罪を重くしてください』と言うべきか悩む中、皇帝陛下はクスリと笑みを漏らした。

「まあ、驚くのも無理はない」

『歴史的に考えても、異例の事態だからな』と述べる皇帝陛下は、文官から一つの巻物を受け取る。

そして、勢いよくソレを広げると、こちらに文面を見せた。

人の名前がズラッと並んだ巻物を前に、私は目を見開く。

何故なら、一番上の文章に――――『嘆願書リスト』と書かれていたから。

「実は林間合宿に参加した多くの保護者から、『シャーロット嬢の行いは立派だった』『どうか、ご容赦を！』と嘆願されてな。一時は無罪放免になりそうな勢いだったんだぞ」

おどけるように肩を竦める皇帝陛下は、スッと目を細めた。

「まあ、それでも一部の貴族達に『緊急事態だったとはいえ、ルールはルール。きちんと裁くべきだ』と反発されて、罪を軽くする方向で議論を重ねることになったが……」

広げた巻物をそのまま文官に渡し、皇帝陛下は両手を組む。

楽な体勢を取る陛下の前で、私はふと――――赤髪碧眼(へきがん)の男性を思い出した。

反発した一部の貴族って、まさか……あの人も含まれている……？

だとしたら、いきなり敵意を向けられた理由にも納得がいくわね。

きっと、思い通りの結果にならなくて、腹を立てているんだわ。

まあ、私からすれば万々歳の結果だったけど。

「そうでしたか。嘆願書を送ってくださった方々には、感謝しないといけませんね」

『後できちんとお礼をしなくては』と使命感に駆られる私は、謙虚に振る舞うという選択肢を捨てた。

それは嘆願書を送ってくださった方々に対して、とても失礼だから。

少しでも、罪が軽くなるよう尽力してくれたのに、『いやいや、これはさすがに……』と遠慮すれば、せっかくの厚意を無駄にしてしまう。なので、素直に受け入れることにした。

「ところで、賠償金額は如何(いか)ほどでしょうか？」

「あぁ、そう言えばまだ言ってなかったな。支払い金額は――――金貨一億枚になる予定だ」

き、金貨一億枚……!?　それって、メイヤーズ子爵家の全財産を叩いても、足りるかどうかの金額じゃない……！

『屋敷の維持費すら、なくなるかもしれない！』と、私は青ざめる。

破産や借金といった単語が脳内を駆け巡る中、皇帝陛下は穏やかに微笑んだ。

『安心しろ』とでも言うように片手を挙げ、こちらに身を乗り出す。

「シャーロット嬢、これはあくまでレオナルドの父親としての話なんだが……我が息子を守ってくれたお礼として――シャーロット嬢に金貨二億枚ほど渡したいと思っている。受け取ってくれるか？」

賠償金の二倍の金額を提示した皇帝陛下に、私は唖然とした。

確かに皇室からすれば、なくなって困るような金額じゃないが……だからと言って、『はい、どうぞ』と渡せるような金額でもない。

『皇帝陛下の金銭感覚はどうなっているの？』と取り乱す中、陛下は肘掛けに寄り掛かる。

「他の家からも、謝礼金が届いている筈だ。他の保護者はきちんとお礼をしているのに、余だけ何もしないという訳にもいかない。だから、遠慮せず受け取って欲しい」

『余の顔を立ててくれ』と主張する皇帝陛下は、こちらが気を遣わなくても済むよう配慮してくれた。

『皇帝に恥をかかせないため』と言われれば、こちらは受け取るしか選択肢がないから。

何とも言えない後ろめたさを感じずに済む。

金貨二億枚もあれば、賠償金の支払いは何とかなりそうね。

まあ、謝礼金をこのように使うのは、ちょっと気が引けるけど……。

『他人の金を借金の返済に当てているみたいで心苦しい』と、私は内心苦笑を漏らす。

とはいえ、こちらも生活が懸かっているので、有り難く使わせてもらうことにした。

素直に『ありがとうございます』とお礼を言うと、皇帝陛下は満足そうに微笑む。

『それでいい』とでも言うように大きく頷き、文官に何かを耳打ちした。

恐らく、当初の予定通り謝礼金を払うよう指示したのだろう。

『分かりました』と了承する文官を他所に、皇帝陛下はおもむろに手を組む。

「そして、学園側への対応についてだが……」

言い淀むような仕草を見せる皇帝陛下は、難しい顔つきでこちらを見つめた。

真剣味を帯びたエメラルドの瞳を前に、私は以前行った召喚術の調査について思い出す。

学園側には、『エミリア様の予想通り、複数体の召喚に成功した』とだけ伝えてある。

召喚者の正体や種類については、一切教えていない……だから、相手は普通の召喚者だと思い込んでいる筈。

少なくとも、伝説クラスの召喚者を呼び出したとは思っていないだろう。

でも、林間合宿の際に私が不死鳥様と炎の精霊王様を呼び出してしまった……となれば、当然『何故、報告してくれなかったんだ？』と反感を買う筈……。

『間違いなく、抗議されるだろうな』と予測し、私は肩を落とした。

一難去ってまた一難とでも言うべきか……次から次へと面倒事が舞い込んでくる。まあ、元はと言えば、私のせいなのだが……。

『はぁ……』と深い溜め息を零す中、皇帝陛下はおもむろに口を開いた。

「前回話し合った通り、知らぬ存ぜぬで押し通そう。あちらもシャーロット嬢に助けられた節がある故、あまり強く出られないだろうしな。だから――――『調査のときに呼び出した召喚者の中に彼らは居なかった』と言い張ればいい」

『どうせ、調査当時のことなど知らないのだから』と、皇帝陛下は誤魔化す方向に舵(かじ)を切った。

きっと、学園側は『嘘だ』と思って、信じないだろうけど……でも、私に大きな借りを作ってしまった以上、無理やり納得するしかない。

もし、甚大な被害が出ていれば、学園側も責任を取らなければならなかったから……下手に追及して、私や皇室を敵に回すより、目を瞑ることを選ぶだろう。

特に今の私は、ちょっとした英雄(ヒーロー)扱いになっているから……周囲の評判を気にする学園としては、仲良くしておきたい筈。

『来年の入学者数や寄付金に関わるしね』と考え、私は皇帝陛下の判断を支持した。

「分かりました。そのように対応します」

「ああ、そうしてくれ。もし、しつこく追及してくるようなら、余に報告してほしい。こちらで対処する」

「はい、ありがとうございます」

『皇室に守ってもらえるなら心強い』と、私は素直に感謝の言葉を口にした。

孤立無援にならずに済んだと安堵しながら、肩の力を抜く。

――――と、ここで皇帝陛下に凝視された。それはもう頭のてっぺんから、爪先までじっくりと。

「ところで、体調はもう平気なのか？　もし、辛いようであれば、休んでいくといい。客室なら、無駄に余っているからな」

「お気遣い、ありがとうございます。ですが、今回は遠慮しておきます。直ぐに実家へ帰りたいので」

『自分の部屋でゆっくり過ごしたい』と主張する私は、陛下の申し出をやんわりと断った。

残念そうに肩を竦める皇帝陛下は、背もたれに寄り掛かる。

「分かった。では、宮廷魔導師団の者達にメイヤーズ子爵家までの移動と護衛を頼んでおこう」

魔法の使用制限についてご存じなのか、皇帝陛下は道中の安全を気にかけてくれた。

『これくらい、いいだろう？』と問い掛けてくる眼差しに苦笑いし、私は頭(こうべ)を垂れる。

「ありがとうございます。馬車に乗って帰るしかないと思っていたので、大変助かりました」

これ以上、陛下の気遣いを無下にするのは失礼かと思い、お言葉に甘えることにした。

まあ、エリート中のエリートである宮廷魔導師を足代わりに使っていいのか、些(いささ)か疑問ではあるが……。

『気にしたら負けよ』と自分に言い聞かせ、私は思考を放棄した。

――キース様の手を借りて領地に帰った私は、きちんと屋敷の前まで送ってもらった。

妙に懐かしく感じる建物を前に、私は彼と別れる。

本当はお茶の一杯でもご馳走したかったが、『忙しい』と断られ、諦めるしかなかったのだ。

瞬く間に遠ざかっていくキース様の背中を見つめ、私は一つ息を吐く。

まあ、仕方ないわよね。宮廷魔導師団は今、林間合宿の件で忙しいから……これ以上、彼らの時間を奪う訳にはいかないわ。

『お茶はまた誘えばいい』と判断し、私は屋敷に向き直った。

気を取り直して、門の横にあるブザーを鳴らすと、執事がすっ飛んでくる。

そして、私の顔を見るなり泣き出した。

「おかえりなさいませ、お嬢様っ……！　ご無事で何よりです……！」

体調不良で寝込んだことを知っているのか、執事は嗚咽混じりに言葉を紡いだ。

しわしわの手で目元を押さえながら、朗らかに微笑む。

『城から連絡が来た時は驚きましたよ』と口にしつつ、執事は言霊術で門を開けた。

『どうぞ』と促す彼に一つ頷き、私は中へ足を踏み入れる。

屋敷の石畳をしっかりと踏み締める私は、『嗚呼、やっと自分の家に帰ってきたんだ』と実感した。

入学式の三ヶ月前から、帝都のタウンハウスで過ごしていたため、メイヤーズ子爵家の本邸に帰ってきたのは実に半年ぶりである。

こんなに長く屋敷を離れることはなかったから、なんだか変な気分ね。

まあ、物を取りに行くため、何度か帰ったことはあるけど……もちろん、内緒で。

こっそり学園を抜け出していたことがバレたら、問題になるもの。

『転移魔法を使って、わざわざ夜中に潜入していたのよね』と、私は当時の記憶を呼び覚ます。

自分の部屋に忍び込むという、よく分からない状況を思い返し、私は思わず苦笑を漏らした。

そして、執事に促されるまま屋敷の中へ入ると――――メイヤーズ子爵家の使用人達が一斉に口を開いた。

「「「お帰りなさいませ、シャーロットお嬢様！」」」

通路の両脇を固めるように二列に並び、ピンッと背筋を伸ばす彼らは、笑顔で出迎えてくれた。

半年前と変わらぬ心のこもった挨拶に、私はスッと目を細める。

ここ最近、ずっと気を張っていたせいか、実家の温かい雰囲気に触れただけで泣きそうになった。

屋敷で過ごした平穏な日々を思い出し、『私はずっと彼らに守られていたのだ』と気づく。

『使用人達には一生頭が上がらないな』と、しみじみ思いながら、私はゆっくりと口を開いた。

「ただいま、皆」

目に滲む涙を瞬きで誤魔化し、私は何とか平静を装う。

頑張って、いつも通りに振る舞おうとする私を前に、彼らはニッコリと微笑んだ。

「さあさあ、お嬢様！　まずはお風呂に入って、疲れを癒しましょう！」

「奥様と旦那様は視察のため、少々屋敷を空けておりますので、綺麗に着飾って驚かせましょう！」

「夕食までまだ時間があるので、後ほど軽食をお持ちします！」

「腕によりをかけて作りますので、楽しみにしていてください！」

いつになく声を弾ませる彼らは、少しだけ前のめりになる。

隠し切れない喜びを見せる使用人達に、私は思わず笑みを零した。

照れ臭いような……擽ったいような感覚に襲われる私は、『分かった』と小さく頷く。

普段なら『面倒臭い』と言って、部屋に直行しただろうが、今回ばかりは彼らの言い分を聞き入れた。

「あら、珍しいですね！　お嬢様が素直に私達の言うことを聞くなんて！」

「きっと、学園生活を通して成長なされたのよ！」

「一体、どんな日常を送っているのか興味あります！　是非聞かせてください！」

キャキャッと、はしゃいだ声を上げる若い侍女達は、キラキラした目でこちらを見つめる。

どことなく圧を感じる眼差しに、私は『なんだ、この凄まじいプレッシャーは』と、たじろいだ。

学園生活について根掘り葉掘り聞かれる未来を想像し、身震いする中、侍女長が声を上げる。

「その話は後にしなさい。それより、早く浴室に行かないと……お湯が冷めてしまうわ」

『せっかく沸かしたのに勿体ない』と主張する侍女長を前に、若い侍女達は押し黙る。

『確かに』と納得しているのか、私を浴室の方へ促した。

素直に案内に従う私は、一階の廊下を突き進む。

――――と、ここでふと水色髪の美少女を思い出した。

「そういえば――――お姉様は今、どうしているの？　既にこちらへ帰って来ていると思うのだけど……」

『取り込み中？』と尋ねる私は、コテリと首を傾げる。すると、侍女達は顔を見合わせた。

困ったように眉尻を下げ、互いに目配せし合うと、侍女の一人が代表として口を開く。

「スカーレットお嬢様は、お部屋に籠っています。どうやら、具合が悪いようで……ここ数日、寝込んでいるんです」

寝込んでいる……？　えっ？　どうして……？

やっぱり、動物の死体たちと死闘を繰り広げたことが、ショックだったのかしら……？

事件直後に会ったときは平気そうだったけど、久々に家へ帰って来て、緊張の糸が切れたのかもしれないわね。

『無意識のうちに色々溜め込んでいたのかも……』と考え、私は深く追及しなかった。

『そう……』とだけ言い、再び前を向く。

姉のことは気掛かりだが、下手に動いて状況を悪化させたくなかった。

スカーレットお姉様と私の関係は、実に微妙だ。

林間合宿の騒動を通して、少しは距離が縮まった……ような気もするけど、もしかしたら一時的なものかもしれない。

時間を置いたら、不仲に逆戻り……なんてのも有り得る。

だから、今はそっとしておくべきだろう。

最後に会った時の記憶を呼び起こしつつ、私は胸に湧き上がる感情を抑え込んだ。

『期待なんてしちゃダメだ』と自分に言い聞かせながら……。

グッと胸元を握り締める私は、極端に歪んでしまった姉妹仲を嘆く。

『どうすれば、普通の姉妹で居られたのか』と思案する中——複数人の足音が、耳を掠めた。

「おや？　これは、これは……シャーロットお嬢様ではありませんか」

そう言って、階段を降りてきたのは——私や姉に歴史学を教えていた、家庭教師のレックス先生だった。

胸辺りまである茶髪を後ろで結び、形のいい眼鏡を掛けている彼は、ニヤリと笑う。

その後ろには、他の家庭教師も居り、みんな意地の悪い表情をしていた。

こちらを馬鹿にしているのは、明白だろう。

この人達は昔から、変わらないわね。人を成績で判断するところとか、特に……。

自分達のお眼鏡に適う生徒じゃないと、直ぐにこうやって見下すんだから。

プライドが高いあまり、馬鹿を嫌う傾向にあるのよね……。

『その馬鹿をまともにするのが、貴方達の仕事でしょうに……』と呆れつつ、私は一つ息を吐く。

姉と一緒に散々嫌味を言ってきた教師陣に向き直り、軽く会釈した。

「ごきげんよう、先生方。こちらには、何の用でいらっしゃったんですか？」

『屋敷内に居る以上、滞在許可は貰っているみたいだけど』と思案しつつ、私はあちらの反応を窺う。

　すると、彼らは得意げに胸を反らし、口々に喋り出した。

「それはもちろん、シャーロットお嬢様に勉強を教えるためですよ」

「シャーロットお嬢様の頭脳では、フリューゲル学園の授業についていけないと思いましてね」

「優秀な姉君と違い、シャーロットお嬢様は平凡ですから」

「平均点を取るのも一苦労でしょう？　だから、特別に講義をしてあげようかと」

『有り難く思え』と言わんばかりに偉そうな態度を取る彼らは、色んな意味で昔と変わらない。

　でも、それはきっと――――〝今の私〟を知らないからだろう。

　何となく、分かってはいたけど……フリューゲル学園での様子を全く知らないのね。

　まあ、ここは帝都から離れているし、無理もないか。

　子爵家の使用人ですら、最近知っただろうから。

『だとしても、この態度はどうかと思うけど……』と溜め息を零し、私はスッと目を細める。

　断るタイミングを見計らう中、レックス先生が僅かに身を乗り出した。

「報酬は気持ち程度で構いませんよ。これはあくまで、私達の厚意ですからね。さあ、早く部屋に行って、勉強を……」

「いえ、その必要はありません」

強引に話を進めようとするレックス先生に、私は堪らず声を上げる。

『報酬金目当てか』と思うと、どうしても我慢出来なかったのだ。

だって、まだ召喚術の無断使用に関する賠償金も払い終えていないのだから。

完済する目処が立ったとはいえ、完済証明書を受け取るまで油断は出来ない。金貨一枚だって、無駄に出来なかった。

「えっ？　必要ない……？」

「はい、必要ありません。わざわざ、特別授業をして頂かなくても――勉強には、ついていけていますから」

そう言って、私は懐から一学期の成績表と学期末テストの通知表を取り出した。

綺麗に折り畳まれたソレらを広げ、私は彼らに文面を見せる。

すると、先生方は怪訝そうに眉を顰めたものの……内容を確認するなり、サァーッと青ざめた。

「う、嘘だろう……？　十段階評価で、ほぼ全ての教科に十がついている……」

「唯一最大評価から外れた武術だって、九だぞ……フリューゲル学園の成績表は大抵七か八しか、つかないのに」

「いや、それだけじゃない……！　一学期の期末テストで、シャーロットお嬢様は全教科満点を叩き出している……！」

「順位も学年一位だ……一体、何がどうなっている!?」

『信じられない！』とでも言うように頭を振る先生方は、驚きのあまり目を見開く。

先程までの威勢はどこへやら……二枚の書類と私の顔を交互に見つめ、後退(あとずさ)った。

すっかり大人しくなった先生方を前に、私はいそいそと書類を仕舞う。

「これで、ご理解頂けましたね。特別授業の話は、なかったことにしましょう。先生方の貴重な時間を無駄に奪う訳には、いきませんから……あっ！　でも、そうなると屋敷に留(とど)まる理由もなくなりますね。帰りの馬車は用意しますので、どうぞお引き取りください」

『ご足労いただき、ありがとうございました』と礼を言い、私はチラリと玄関に目を向けた。

「侍女長、お客様のお帰りよ。丁重にお見送りして」

「畏(かしこ)まりました」

『お任せください』と頭(こうべ)を垂れる侍女長は、教師陣に向き直る。

満面の笑みで帰宅を促す彼女に、先生方はビクッと肩を震わせた。

「ま、待ってください！　話はまだ終わっていません！」

「そ、そうですよ！　大体、その書類は本物なんですか!?　偽造したのでは!?」

「たった数ヶ月で、こんなに学力が上がるなんて信じられません！」

「僕達は絶対に認めませんよ、こんなこと！」

人目も憚(はばか)らず、ギャーギャーと騒ぎ立てる先生方は、珍しく声を荒らげる。

自分達の授業では伸ばせなかった成績を、あっさり凌駕(りょうが)されて不満に思っているのだろう。

傍(はた)から見れば、家庭教師の実力不足で成績を伸ばせなかったように見えるから。

プライドの高い彼らにとって、それは何よりも許し難い評価だった。

まあ、実際は実力を隠してきただけだけど……先生方の授業が、悪かった訳ではない。

だからといって、物凄く良かった訳でもないけど……。

いつも、お姉様と比べられて嫌味ばかり言われた挙句、最終的にはほぼ放置されていたし……。

当時の記憶を呼び起こす私は、『少なくとも、親切ではなかったかな』と苦笑を漏らした。

でも、わざと実力を隠し、平凡を演じてきた私にも原因はある。全てを彼らのせいにするのは、酷だろう。

先生方を騙してしまった事実に、少なからず心を痛める私は、『ふぅ……』と息を吐く。

そして、あからさまにムッとする侍女達をアイコンタクトで黙らせ、レックス先生に目を向けた。

「先程の暴言は聞かなかったことにします。なので、大人しくお引き取りください。これ以上の無礼は許しませんよ」

「な、何を偉そうに……！」

騙してしまった罪滅ぼしとして、私は八年前から今日までの行いを全て許すことにした。

別に先生方のためではない。私が、過去にケジメをつけたかったからだ。

「しがない子爵家の次女とはいえ、私も貴族です。あなた方を処断する権限くらい、持ち合わせています。言っている意味、お分かりですね？」

苛立たしげに眉を顰めるレックス先生に、私は『裁かれたいのか？』と脅しを掛ける。

途端に青ざめる彼は、悔しそうに口を噤み、大人しく引き下がった。

まあ、まだ何か言いたげではあるが……。

さすがにこれ以上、騒ぐのは不味いと判断したようね。

「では、私はこれで失礼します。ごきげんよう」

このあとの対応は全て侍女長に任せ、私は浴室へ向かう。

後ろから、『くそっ！』と怒鳴る声が聞こえたが、私は聞こえないフリをした。

『発言に気をつけてって、言ったばかりなのに……』と呆れる中、私はようやく浴室に辿り着く。

ほんのり石鹸の香りがする室内を見回すと、私は服の袖に手を掛けた——が、しかし……侍女達に『今日くらいはゆっくりしてください』と言われ、身動きを封じられる。

そして、あれよあれよという間に服を脱がされ、お湯を掛けられ、体を洗われ……気づいた時には、全て終わっていた。

締め付けのないドレスに着替えた私は、ヘアセットも済ませ、最後にアクセサリーを装着する。

『久々の家族団欒だから』と張り切ってくれた侍女達のおかげで、私は美女に変身した。

『相変わらず、凄い腕前ね』と感心する中、コンコンッと部屋の扉をノックされる。

『軽食を届けに来てくれたのだろうか？』と思いつつ、私は入室の許可を出した。

すると——扉の向こうから、見覚えのある男女が姿を現す。

「お帰りなさい、シャーロット。せっかく帰ってきてくれたのに、家を空けていてごめんなさいね」

「本当は一番に『おかえり』と言いたかったんだがな……まあ、何はともあれ、お疲れ様」

優しい声色で、言葉を紡ぐ彼らは——間違いなく、私の両親だった。

帰宅早々こちらに駆けつけてくれたのか、二人の髪は少し乱れている。
でも、誰一人として指摘しなかった。親子の再会に水を差すような真似は出来ない、と思っているのだろう。

「林間合宿の件、大変だったわね。でも、無事で本当に良かった」

そう言って、ホッと胸を撫で下ろすのは――私の母であり、メイヤーズ子爵家の女主人であるレティシア・ステラ・メイヤーズだった。

姉のように色白で華奢な体を持つ母は、子持ちとは思えぬ美貌を放つ。

また、宝石のタンザナイトを連想させる瞳は愛らしく、緩く結んだラベンダー色の長髪も綺麗だった。

『可愛い』の集合体とも言える母は、よく笑う性格ということもあり、昔から男性に好かれやすい。

父と結婚する前は毎日求婚の嵐で、格式の高い家柄から結婚を申し込まれることもあったらしい。

元々はしがない男爵家の……それも、一代限りの爵位を持つ家の次女に過ぎなかったのに、だ。

だから、今でも母の伝説……というか、シンデレラストーリーは民衆に語り継がれている。

まあ、結局お母様は金や権力より愛を選んだんだけどね。

使用人の話によると、貴族にしては珍しい恋愛結婚をしたらしいわ。

父にピッタリくっついている母を前に、私は『未だにラブラブだし……』と苦笑する。

両親の仲が良いに越したことはないが、結婚適齢期を迎えつつある娘としては、ちょっと複雑な気持ちになる。

『私も本格的に旦那様候補を探さないとな』と思案する中、父――改め、ネヴィル・リヒト・メイヤーズが口を開いた。

「あっ、そうだ。シャーロット宛てに色んな家から、贈り物や感謝状が届いているぞ。まだ手をつけていないから、後で一緒に確認しよう」

ファイアオパールに似た黄色の瞳を隣室に続く扉へ向け、父は穏やかに微笑む。

魔法を使えないこともご存じなのか、敢えて『一緒にやろう』と言ってくれた。

言動から滲み出るおっとりした雰囲気とは異なり、色々気を回してくれる良い父である。

ところどころ跳ねた髪のせいで、格好はつかないが……。

後ろで結んだ水色髪を見つめ、私は『お姉様の癖毛はお父様譲りなのよね』と笑う。

「はい、分かりました。よろしくお願いします」

素直に厚意を受け入れた私に、父は『ああ』と満足そうに頷いた。

隣に居る母も、嬉しそうに頬を緩める。

この場に温かい雰囲気が広がる中――私は見覚えのある金髪を目にした。

「――やっと見つけた。屋敷に到着した途端、二人とも走って行ってしまうから、探しましたわ。娘が心配なのは分かりますが、客人を放置するのはやめてくださいませ」

開いたままの扉から、両親に苦言を呈するのは――母の姉である、ヴィクトリアだった。

私の伯母に当たる彼女は、蜂蜜色の長髪とストロベリークォーツの瞳を持っており、かなりの美人である。

おまけにスタイルも良く、扇情的なドレスを完璧に着こなしていた。

化粧は多少濃いものの、自分の魅せ方を熟知したやり方なので、全く気にならない。

『可愛い』の集合体である母とは、また違う……美しさを極限まで追求したような美女だった。

あれ？　もしかして、また綺麗になった？　会う度に若返っているように見えるのは、私の気のせい？

『本当にお母様より、年上？』と疑いたくなる容姿に、私は衝撃を受ける。

『そのうち、私より若くなりそうだ』と心の中で冗談を言うものの……なんだか、有り得そうで怖かった。

昔から、美意識の高い人だとは思っていたけど……ついにここまで来たか。

伯母様は大商会の会長夫人だから、世界中の美容品を手に入れられる立場にあるけど……それにしたって、若返り過ぎでしょう。

まあ、単純に本人の努力のおかげというのも、あるんだろうけど……。

運動やマッサージに勤しむ伯母様を思い出し、私は『本当に凄いな』と改めて感心した。

『面倒臭がり屋の自分じゃ、絶対に続かない』と確信する中――――伯母様の後ろから、男性が顔を出す。

「おやおや。皆さん、こちらにいらっしゃったんですね。合流出来て、良かった」

短めの黒髪を揺らし、『ふぅ……』と息を吐いたのは――――伯母の夫であり、大商会の会長であるベンジャミンだった。

ひょろっとした体型をしている彼は、糸のように細い目を更に細くし、ニコニコと笑う。

その姿は少年のようで、無邪気だが……決して油断出来ない要注意人物だった。

何故なら、彼は嘘が上手く、人の心を見透かすような鋭い観察力を持っているから。

まあ、良くも悪くも商人らしい方なのだ。

身分こそ平民だけど、狡猾さと冷静さにおいてはそこら辺の貴族より、ずっと優れているわ。

伯父様の交渉術は私も身をもって、体験しているから……。

『何度、値引き交渉で負けたことか……』と、私は伯父の話術に踊らされた日々を思い出す。

ニコニコと笑いながら、私のお小遣いを巻き上げていく姿は今思い出しても、大人気なかった。

でも、魔導書や魔道具といった商品は手に入りにくいため、商会長である伯父に頼る他なく……

なんだかんだ言いながら、買ってしまう。

だって、魔法の研究や勉強は私の生き甲斐だから！

『我ながら、いいカモだな……』と自嘲する中、伯父は両親に向かって頭を下げた。

「子爵と夫人を追い掛けて、ヴィクトリアも馬車を降りてしまったので、勝手に中へ入りました。

申し訳ございません。無礼をお許しください」

「いえ。こちらこそ、馬車の中に客人を置き去りにしてしまい、申し訳ございませんでした」

『せめて、客室に案内してから娘のところへ行くべきでした』と、父は反省を述べる。

申し訳なさそうに眉尻を下げる彼に、伯父は大袈裟なくらい首を左右に振った。

「とんでもありません。そもそも、子爵の馬車に乗せて頂いたのも、我々の不注意からですし……」


「あれは仕方ありませんよ。脱輪事故はよくあることですから」

「ははは。そう言って頂けると助かります」

『困った時はお互い様だ』と主張する父に、伯父はニッコリと微笑んだ。

そして、軽く世間話を交わすと、こちらに目を向ける。

「ご機嫌麗しゅう、勇猛果敢な姫君よ。林間合宿の活躍はもちろん、フリューゲル学園での奮闘ぶりも聞き及んでいます。随分と成長されたようで……秘訣をお聞きしても？」

芝居がかった動作で頭を垂れる伯父は、悪戯っぽく微笑んだ。

さすがは大商会の会長とでも言うべきか……もう既に情報は仕入れてあるらしい。

あの様子だと、両親の知らないことまで把握していそうだ。

『急遽屋敷に来たのは、そのためか』と苦笑いしつつ、私は腰に手を当てる。

「教えません。秘密です」

「おや、これは手厳しい……では、対価として異国の魔導書を差し上げましょう」

「えっ？　異国の魔導書？　それは欲しい……じゃなくて！　秘密です！」

一瞬物欲に負けそうになったものの、何とか持ち堪えた私は、頑として首を縦に振らない。

『絶対に教えないぞ』と意気込む私を前に、伯父はサッと両手を挙げた。

「それは残念ですね……そこまで言うなら、諦めます。でも、気が向いたら教えてくださいね」

しつこく問い質してくるかと思いきや、伯父はあっさりと引き下がった。

『仕方ないですね』と言わんばかりに肩を竦め、一歩後ろへ下がる。

ここまで聞き分けがいいと、逆に不安になるわね……『何かあるのでは？』と勘繰ってしまうわ。

『伯父様は駆け引き上手だから……』と警戒する私は、表情を硬くする。

『絶対に思い通りにならないぞ』と身構える私を他所に──伯母がふと口を開いた。

「そういうところは、本当にレティシアと似ていますね。さすがは親子ですわ」

『うふふっ』と上品に笑う伯母は、ストロベリークォーツの瞳をスッと細める。

どことなく幼さを感じる笑みには、子供のような無邪気さがあった。

『そういうところ』って、何かしら？　頑固なところとか……？　それとも、警戒心が強いところ？

でも、お母様はどちらかと言うと、柔軟で無防備な方だと思うけど……。

脳内に沢山の疑問符を浮かべる私は、『立場が違うと、そう見えるのかな？』と考える。

『伯母様から見たお母様って、どんな感じなんだろう？』と興味を持つ中、父がパンパンッと軽く手を叩いた。

「立ち話もなんだから、下へ行こう。夕食でも食べながら、ゆっくり話そうじゃないか」

『家族団欒を楽しもう』と提案する父に、誰もが賛成の意を示す。

そして、侍女の一人に姉を呼んでくるよう頼むと、私達は順番に部屋を出た。

間章　各々の葛藤

I have been acting
as a foil to my sister,
but I am quitting today.

《スカーレット side》

久々の家族団欒だからと夕食に呼ばれ、皆でテーブルを囲んだ。

話題はもっぱら林間合宿のことで、シャーロットの功績を口々に褒め称えている。

普段の私なら、『どうして、妹ばかり……』と苛立っているところだが――――不思議と怒りは湧いてこなかった。

むしろ、当然のことだと受け流している。自分でも驚くほど、淡々と……。

もちろん、一から十まで全て間違っているとは思わないけど……妹より劣っている姉という存在は、周囲によく馬鹿にされるから。

特にシャーロットのように目立つ妹を持つと、ね……常に比べられて、嘲笑の的になるのよ。

――――でも、だからと言って幸せになれない訳じゃない。

だって、人の幸せはそれぞれ違うのだから。妹より優れていることが、幸せの条件とは限らない。

少なくとも――――私は違う。

私はただ……好きな人の傍に居て、支えられればそれでいい。

たとえ、シャーロットの方が役に立っているとしても……。

『どっちの方が活躍しているか』じゃなくて、『レオ殿下の力になれていること』が重要だから。

林間合宿でレオ殿下を庇った際に覚えた感情を、私はふと思い出す。

あのとき、結局殿下の命を救ったのはシャーロットだったけど、『私の方が先に動いていたんだから！』と張り合うような気持ちは湧いてこなかった。

ただひたすら助かって良かった、と……安堵しただけ。

最初は『緊急事態だから、そう感じるのだろう』と思っていたが、今なら『違う』と断言出来る。

私はきっと――『妹より優秀じゃないと、幸せになれない』という考えに固執していただけで、『妹より優秀である』ことに大して執着はなかった。

幸せになるために必要だと、勝手に思い込んでいた、とも言うわね……。

誰かの犠牲を払って、成立する幸せなんて、虚しいだけなのに……。

幸せになれるかどうかは本人の努力次第だと、今頃気づくなんて……。

『私は随分と狭い世界の中で、生きてきたのね』と、己の浅見を恥じる。

『もっと視野を広げなければ』と反省する中――両親が席を立った。

「では、私達は先に部屋へ戻っているよ」

「あっ、でしたら我々も……」

「私もここら辺で失礼します。ここ最近、きちんと休めていなかったので」

父の言葉に続く形で、伯父とシャーロットが退室を願い出る。

出席者の大多数が休息を欲したため、父は『じゃあ、解散しよう』と提案した。

『是非そうしてくれ』と頷くシャーロット達を他所に、父は母を連れて退室する。続いて、伯母夫婦が席を立った。

「それじゃあ、我々もこれで」

「おやすみなさい。いい夢を」

手短に挨拶を済ませると、伯母夫婦は執事の案内に従い、食堂を出ていく。

『客室に連れていってもらうのだろう』と推測する中、シャーロットと目が合った。

憂いを滲ませるタンザナイトの瞳には、『先に退室していいのか悩んでいる』と書いてある。

「先に行っていいわよ。私はまだここに残るから……ゆっくり休むといいわ」

労いの言葉一つ掛けられない私は、ぶっきらぼうに言い放つ。

『もっと言い方があったでしょう』と思うものの、上手く距離感が摑めず……フイッと視線を逸らした。

居た堪れない気持ちでいっぱいになる私を前に、シャーロットは『では、お言葉に甘えて……』と立ち上がる。

「えっと……お姉様もゆっくり休んでください。最近、部屋に籠っているとお聞きしましたので……体調には、お気をつけください」

声色に困惑を滲ませながらも、シャーロットは気遣わしげな視線をこちらに向ける。

『え、ええ……』と素っ気なく返事すると、彼女はペコリと小さくお辞儀して踵を返した。

徐々に遠ざかっていく足音を聞き流し、私は一つ息を吐く。

今更ながら……シャーロットと、どんな風に接すればいいのか、分からないわね。

もっと気の利いたことを言うべきだったかしら？

『でも、いきなり急接近するのもどうかと思うし……』と、私は頭を悩ませる。

そもそも、謝罪一つしていない状況で姉妹関係を改善しようとするのは、間違っていた。

『まずは過去を清算しないと』と自分に言い聞かせ、私はギュッと手を握り締める。

今、やるべき事はただ一つ。

『姉は妹より優秀じゃないと、幸せになれない』と説いた〝あの方〟に――――自分の考えを伝えること。

別にあの方を説得したいとか、自分の考えに共感して欲しいとかは思っていない。

ただ、『貴方(あなた)の考えにはもうついていけない』と……『これからは自分で考えて、行動する』と、宣言するだけ。

だって、そうしないと――――。

「――――私は前に進めないから」

自分にしか聞こえない程度の声量で、私はそう呟(つぶや)いた。

『過去を清算するために、まずは現実と向き合いたい』と願う私は、ゆっくりと立ち上がる。

壁際に控える侍女にあの方への伝言を頼み、私は自室へ戻った。

薔薇(ばら)の香りで満たされた部屋に足を踏み入れると、私は二つのグラスに水を注ぐ。

『今か今か』と、あの方の到着を心待ちにしていると――――コンコンコンッと部屋の扉をノックされた。

「どうぞ」

「失礼します」

扉越しに入室の許可を出すと、部屋を訪ねてきた人物は直ぐさま中へ入ってきた。

ニコニコと上機嫌に笑うその人物は、先程侍女に呼びに行かせた者で間違いない。

「突然お呼び立てしてしまって、申し訳ありません。一先ず、お掛けください」

来客用のソファを勧める私は、手に持ったグラスを相手に渡した。

中身が水でも文句を言わずに受け取るその人物は、水色のソファに腰を下ろす。

「こうして、二人きりでお話しするのも久しぶりですね。最近、調子は如何ですか？　体育祭の決勝戦で妹に負けた、と聞きましたが……」

『きちんと手綱を握れていないようですね』と匂わせ、スルリとソファの肘掛けを撫でた。

姉としてのプライドを逆撫でするような言動に、私はスッと目を細める。

「世間話は後にしましょう。それより、大事なお話があります」

『相手のペースに乗せられてはダメだ』と考え、私は本題を切り出した。

珍しく反抗した私に、相手は目を見開くものの、『分かりました』と頷く。

案外すんなり主導権を握れたことに、私はホッとしながら、背筋を伸ばした。

緊張のあまり強ばる体に鞭を打ち、私は一度深呼吸する。

そして、覚悟を決めると――真っ直ぐに前を見据えた。

「私、スカーレット・ローザ・メイヤーズはここに宣言します――妹を目の敵にし、虐げるのは今日でやめる、と」

胸元に手を添えて、しっかりと断言した私はタンザナイトの瞳に確固たる意志を宿す。

『前言撤回なんて、絶対にしない』と決意を固めながら、私は言葉を続けた。

「きちんとシャーロットに謝罪して、罪を償いたいんです。もちろん、許されるとは思っていませんが……でも、もうシャーロットを敵視したり、傷つけたりするのは嫌なんです。だって、私は妹より優秀じゃなくても幸せになれ……」

「――そんなことは絶対に有り得ません！」

『幸せになれるから』と続ける筈だった言葉を遮り、相手は声を荒らげる。

入室当初の笑顔が嘘のように厳しい表情へ変わり、語気を強めた。

「冷静になって、考えてみてください！　妹より劣っている姉に価値など、ありません！　少なくとも、周囲の人々はそう判断する筈です！」

「いえ、でも、私は……！」

「貴方自身がどう思うかではなく、周囲の反応を想像して、お考えください！　そうすれば、分かる筈です！　自分の考えがどれほど愚かで、短絡的なのか！」

反論する隙も与えず、次々と言葉を投げ掛ける客人は、『考え直すべきです！』と主張した。

ソファから身を乗り出す勢いで抗議するものだから、私は全く口を挟めない。

『まさか、ここまで反発するとは……』と目を丸くし、呆気に取られた。

昔から、融通の利かない人だとは思っていたけど……話すら聞いてくれないなんて。

『これじゃあ、会話も出来ない』と困り果てる私は、顎に手を当てて考え込む。

『こちらも言いたいことだけ言って、話を終わらせようか』と悩む中――――客人がテーブルを強く叩いた。

「ちゃんと話を聞いてください！」

耳を劈くような大声で叫び、客人はこちらを睨む。

全く思い通りにならない私に、苛立っているのだろう。

「話は聞いています。でも、私の考えは変わりません。シャーロットに謝ります」

付け入る隙など与えぬよう、私は強気な態度を取った。

『説得しようとしても無駄だ』と述べる私の前で、客人はギリッと奥歯を噛み締める。

『生意気な小娘め……！』と言いたげな表情を浮かべ、相手は強く手を握り締めた。

今にも飛び掛かってきそうなほど殺気立つ客人を前に、私は立ち上がる。

「とにかく、私の意志は変わりません。それ以外に話がなければ、今日のところはお引き取りください」

『もう世間話をする雰囲気でもないだろう』と、私は退室を促す。

相手を急かすように、出入り口の扉まで歩み寄ると、ドアノブに手を掛けた。

「改めまして、本日は突然お呼び立てしてしまい、申し訳ございませんでした。お話し出来て、良かったです。それでは、おやすみなさい」

当たり障りない挨拶を口にし、ゆっくりと扉を開ける。

シーンと静まり返った廊下を一瞥し、『どうぞ』と促すと、客人は無言で席を立った。

強く握り締めた拳を解き、客人はコツコツとこちらに近づく。

俯いているため、表情は見えないが……なんだか不気味に感じた。

あまりにも、静かすぎる……。

これは説得を諦めてくれたってこと？　それとも――。

嫌な予感を膨らませる私は、どんどん距離を詰めてくる客人に恐れを成す。

本能の赴くまま、私は後ろへ下がるものの――一歩遅かった。

軽やかな身のこなしでこちらに急接近した客人は、私の目元に手を翳す。

そして、聞き取れないほどの早口と声量で何かを呟いた。

刹那――何とも言えない不快感が、私の体に……いや、もっと深いところに広がる。

な、何……？　私は今、何をされたの……？

魔法……のようだったけど、種類が分からない……。

『攻撃系統の魔法では、ないみたいだけど……』と思案しつつ、私は自身の体を見下ろした。

でも、これと言って異常は見当たらない。

何かされたのは確実だが、何をされたのか分からなければ、対処のしようがなかった。

「お、お待ちください！　私に何をしたのですか……！」

噛み付かんばかりの勢いで問い質す私は、客人に手を伸ばした――だが、しかし……パシッと振り払われてしまう。

「焦らずとも、そのうち分かりますよ。まあ、危険なものではないので、ご安心ください」

「そ、そういう問題では……！　とにかく、魔法を解除してください！」

『得体の知れない魔法を掛けられたままなど、嫌だ！』と、私は反発する。

でも、相手は決して首を縦に振らなかった。

「貴方が考えを改めるまで、解除するつもりはありません。それでは」

客人はさっさと話を切り上げると、止める間もなく部屋を出ていった。

慌てて廊下に出た私だったが、客人の姿はもうなく……追跡を諦める。

一応、追い掛けることは出来るが……追いついたところで、魔法を解除してもらうことは出来ないだろう。

あの方は一度言い出したら、聞かないから……。

どうしよう……？　お父様やお母様に相談する……？

でも、どうやって説明すればいいの？　もしも、信じて貰えなかったら……？　だって、相手は……。

キュッと唇を引き結ぶ私は、早くも考えに行き詰まる。

『一体、どうすればいいのよ……』と項垂れ、その場に蹲った。

「……とりあえず、今日はもう寝ましょう。このまま起きていたって、どうせ良いアイディアなんて思いつかないだろうし」

『まずは冷静にならないと……』と思い立ち、私はスクッと立ち上がる。

そして、部屋に戻ると、着替えもせずベッドに横になった。

フカフカの枕に顔を埋め、私は頭の中を空っぽにする。

どうにかして不安や恐怖を押し殺せば、案外直ぐに眠りについた。

思ったより疲れていたのか、私は夜中に起きることもなく、朝を迎える。

カーテンの隙間から差し込む光に目を窄めながら、私は身を起こした。

『私って、意外と図太い……?』と苦笑しつつ、侍女達を呼んで着替える。

ドレスのまま寝たことは怒られたが、それ以外に変わったことはなかった。

あの方に何か吹き込まれた様子はないわね。良かった。

「ねぇ、他の皆はどうしているの?　もう起きた?」

ドレッサーの前に座る私は、鏡越しに侍女達を見つめる。

私の髪や服を整えている彼女達は、少し考えてから、口を開いた。

「旦那様と奥様は、シャーロットお嬢様の隣の部屋にいらっしゃいますよ」

「多分、シャーロットお嬢様もご一緒かと。先程、そちらへ向かわれましたから」

「ベンジャミン様とヴィクトリア様は、早朝にお帰りになられました。なんでも、急用が出来たとか……」

「あっ、ちなみに数日こちらに滞在していたレックス様方は追い出されましたよ。どうも、シャーロットお嬢様に無礼な真似をしたようで……」

侍女達の口にした情報を元に、私は一人考え込む。

あの方はもう屋敷に居ないのね……となると、魔法の解除は当分無理そう。

『危険なものではない』と言っていたし、一先ず様子を見るべきかしら？

下手に動いて、あの方を刺激しても嫌だし……。

警戒心を強める私は、『万が一に備えつつも、普段通り過ごそう』と決意する。

いつ作動するか分からない魔法に怯えて暮らすのは恐怖でしかないが、現状それしか出来ない。

『せめて、魔法の種類を特定出来ればいいのだけど……』と項垂れつつ、私は侍女達に礼を言った。

――間もなくして、アクセサリーの装着やメイクも終わり、私は解放される。

締め付けのないドレスに身を包む私は、『とりあえず、朝食を……』と思い、廊下へ出た。

そして、真っ先に目に入ったのは――シャーロットの隣の部屋から溢れ出した、大量の箱と紙……。

「あれは一体、何……？」

嫌でも目を引く光景に、私はパチパチと瞬きを繰り返す。

『どういう状況？』と困惑する私に、侍女の一人が詳細を教えてくれた。

「あぁ、あれは――シャーロットお嬢様宛てに届いた贈り物と感謝状です。ほら、林間合宿の件で活躍されたじゃないですか。恐らく、そのお礼かと」

「お礼……」

私はそんなもの一つも貰ってないけど……シャーロットばかり、狡いわ。

私だって、結構活躍したのに……炎が弱点だと見抜いたのは、私よ？　なのに、何で……っ!?

瞬時に異変を感じ取った私は、咄嗟に下を向いた。

『はぁはぁ……』と短い呼吸を繰り返しながら、震える手で口元を覆い隠す。

「何で私、今――――」

――――シャーロットのことを妬ましいと思っているの？

という言葉を何とか呑み込み、私は大きく深呼吸する。

でも、なかなか冷静になれなくて……感情を抑え込むので精一杯だった。

シャーロットに向ける負の感情は、ちゃんと断ち切った筈なのに……どんどん溢れてくる！　一体、どうして……!?

今すぐ暴れたい衝動に駆られる私は、目を白黒させた。

理性という細い細い糸が今にも切れそうで、焦りを覚える。

元より、負の感情を完全に消し去ることは不可能だろうと思っていた……でも、暴走するほどではなかった筈。

少なくとも、理性でコントロール出来る範囲のものだった。

昨日までは、ちゃんとコントロール出来たのに……！　林間合宿の件で、シャーロットが褒められても何とも思わなかったもの！

なのに、今日になっていきなり……！

『天変地異でも起きたのか!?』と言いたくなるほどの変化に、私は思わず泣きそうになる。

でも、何とか原因を突き止めようと躍起になる中――ふと、あの方のことを思い出した。

もしかして、あの方の掛けた魔法って……これ？　負の感情を膨らませるようなもの……？

だとすれば、一応辻褄は合うけど……こんな魔法、一体どこで習ったの？

見たことも聞いたこともない魔法の効果に、私は戸惑いを覚える。

『まさか、独自に編み出した？』と考えるものの……詠唱までしっかりあることを思い出し、それは無理だと結論づけた。

何故なら、新しく開発した魔法に詠唱を付けることは物凄く難しいから。

『魔法の効果に合った単語を探す』という作業がとにかく大変で、人によっては数十年掛かるのだ。

なので、新しく編み出したとは考えにくい……。

でも、そうなると……最初の疑問に戻るのよね。

帝国で使われている魔法は、ほぼ全て把握しているけど、こんなの知らないわ。

こういった魔法を開発している、という噂も聞かないし……。

感情の波に呑まれながらも、必死に思考を巡らす私は『異国に伝わる魔法とか？』と推測する。

と、次の瞬間――誰かにポンッと肩を叩かれた。

「あの、お姉様……大丈夫ですか？　凄い汗ですよ？　それに息切れも……」

聞き覚えのある声を耳にした私は、ハッとしたように顔を上げる。

すると、そこには――心配そうにこちらを見つめるシャーロットの姿があった。

「顔色も悪いですよ……！　本当に大丈夫ですか……!?　お医者様を呼んできた方がいいんじゃ……」

「――――だ、大丈夫よ……！　だから、離れて!!」

シャーロットの言葉を最後まで聞かずに、私は悲鳴とも怒号とも取れる声で叫ぶ。

そして、周囲が怯んだ隙に自分の部屋へ駆け込み、鍵を掛けた。

「きょ、今日は誰も部屋に入ってこないで！　ちょっと忙しいから！」

有無を言わせぬ物言いで面会を拒絶すると、私は扉に結界を張る。ついでに防音魔法も掛けておいた。

万が一にも、シャーロットの声を聞かないために……。

危なかった……シャーロットの顔を見た途端、吐き気を催すほどの怒りと憎悪に見舞われて、うっかり手を出すところだったわ。

『はぁ……』と大きく息を吐き出す私は、扉に寄り掛かり、ズルズルと滑るようにしゃがみ込む。

強く握り過ぎたせいで赤くなった手を見つめ、『本当に危なかった……』と再認識した。

このままでは、今までのことを謝るなんて到底不可能ね……。

まともに顔を合わせることだって、出来ないわ。

どうしたものかと思い悩む私は、『謝罪の手紙を書くのはどうだろう？』と閃く。

でも、今までの行いを振り返ると……手紙だけで簡潔に済ませるのは、どうかと思った。

「やっぱり、謝罪は直接するべきよね……」

『誠意が足りないと思われる』と考え、手紙による謝罪を諦めた。

謝罪の先延ばしを余儀なくされた私は、ガクリと項垂れる。

謝りたいのに、謝れないなんて……辛いわね。

手を伸ばせば、届く位置に居るというのに……。

でも、自己満足のためにシャーロットを危険に晒す訳にはいかない。

これも何かの報いだと思って、我慢しましょう。

『私に文句を言う権利などない』と割り切り、早々に気持ちを切り替えた。

《アイザック side》

「────シャーロット嬢が無事で、本当に良かったね。一時はどうなることかと思ったよ」

皇城の一室で安堵の息を漏らす僕は、向かい側に腰掛けるレオに目を向ける。

優雅に紅茶を飲む彼は、『今死なれたら困るからね』と頷きつつ、手元に視線を落とした。

赤銅色の液体に反射する自分の姿を見つめ、ティーカップの縁を撫でる。

「でも、結局出掛ける約束を取り付けることは出来なかったね」

「それどころじゃなかったからね。仕方ないよ。スカーレットの横槍もあったし」

『クラリッサ嬢より、ある意味厄介だった』と零し、僕は小さく肩を竦めた。

良くも悪くも、子供っぽいスカーレットの言動を思い返す中、レオはふと顔を上げる。

「そうだね。でも、スカーレットには感謝しないと――命を賭して、僕を守ろうとしたんだから」

『誰にでも出来ることじゃない』と言い、レオはテーブルの上に置かれた委員会バッジを見つめた。

それは林間合宿初日にスカーレットから届けてもらったものである。

『ちゃんと持って帰って来たんだ』と目を見張る僕は、レオらしくない行動に心底驚いた。

たとえ、私物でも、一度他人の手に渡ったものは直ぐに処分するのに……何か細工されているかもしれないからって。

まあ、盲目的にレオを愛するスカーレットに限って、それはないと思うけど……。

コテリと首を傾げる僕は、『命の恩人だから、特別扱いしているのか？』と疑問に思う。

でも、命の恩人と言うならシャーロット嬢の方が相応しかった。

だって、実際にレオを守ってくれたのは彼女だから。

『じゃあ、何故だ？』と自分に問い掛ける僕は、顎に手を当てて考え込む。

でも、結局答えは見つからず……『もう何でもいいや』と諦めた。

「じゃあ、僕はレオに感謝しないといけないね。動物の死体から、僕のことを守ってくれただろう？」

そう言って、僕はブルーサファイアのネックレスを取り出した。

胸ポケットに入れたままだったせいか、ほんのり温かい。

元婚約者との思い出の品であるソレを前に、僕は穏やかに微笑んだ。

「本当にありがとう。レオのおかげで、命拾いしたよ。ネックレスも無事だし」

「どういたしまして。でも、お礼はもう聞き飽きたよ」

『一回で充分だ』と苦笑いするレオは、やれやれと肩を竦める。

そして、ティーカップをソーサーの上に戻すと、真っ直ぐにこちらを見据えた。

「それより、今は――改めてシャーロット嬢にどう接触するか、決めよう」

半ば強引に話題を変更したレオは、何の気なしに足を組む。

相変わらず、何をしても絵になる幼馴染みの前で、僕はネックレスをポケットに仕舞った。

「それは構わないけど……具体的にどうするの？」

「夏休み中にメイヤーズ子爵家を訪ねる――と言いたいところだけど、休み明けまで待機しよう。今、シャーロット嬢に無理をされては困るからね」

『我々と会わないためだけに、魔法を使われたら大変だ』と考えるレオに、僕は小さく頷いた。

「確かに。今はプレッシャーを掛けない方がいいね」

警戒心剝き出しのシャーロット嬢を思い出し、僕は早々に気持ちを切り替える。

休み明けのスケジュールに意識を向け、冷静に考えた。

「となると、次のチャンスは――文化祭、かな？」

「ああ、順当に行けばそうなるね。去年や一昨年は夏休みが明けて、直ぐに準備を始めていたから」

スッと目を細めるレオは、委員会バッジに手を伸ばす。

「立場上、シャーロット嬢と関わるチャンスは多くあるだろう。だから——焦らず、じっくりいこう」

グッとバッジを握り締めるレオは、『一気に距離を縮めると、驚かせてしまうからね』と笑った。

シャーロット嬢のことをまるで野良猫のように扱う彼に、僕は苦笑いする。

でも、これまでの接し方じゃ駄目だと理解しているため、反論せず首を縦に振った。

《グレイソン side》

シャーロット嬢の身を案じ、限界までドラコニア帝国に滞在した俺は——歩ける程度に回復したとの一報を聞いたあと、ソレーユ王国に帰還した。

王城の一室で家族と過ごす俺は、質のいい椅子に深く腰掛け、スッと目を細める。

シャーロット嬢は今頃、何をしているのだろうか？　まさか、うっかり魔法を使ったり……してないよな？

無茶だけは、していないといいが……。

『まだ全快じゃないようだし……』と気にかけつつ、ドラコニア帝国の方角へ目を向ける。

今すぐ見舞いに行きたい衝動に駆られるものの、シャーロット嬢の負担になる可能性を危惧し、諦めた。

『今はとにかく、安静にしてもらわなければ』と思案する中——突然、誰かに肩を叩かれる。

「——グレイソン、聞いているのか？」

『心ここに在らずって、感じだけど』と言って、顔を覗き込んできたのは——賢者の称号を持つ大魔導師であり、ソレーユ王国の第一王子であるジョシュア・マギー・ソレーユだった。

月光に近い銀髪とラピスラズリの瞳を持つ彼は、純白のローブを身に纏っている。

金の刺繍が施されたソレは光沢を帯びており、一目で一級品だと分かった。

袖から覗くグローブは、中指に引っ掛ける形で兄の腕を覆っている。

真夏にも拘わらず、厚着の彼は肌の露出を最低限に抑えているようだった。

「相変わらず、暑そうですね」

「いや、魔法で体温を調節しているから、別に暑くな……じゃなくて！　さっきから、ボーッとしてどうしたんだ？　らしくないぞ」

『疲れているのか？』と首を傾げる兄は、腰まである長い髪を手で押さえ、こちらに身を乗り出す。

そして、右目に装着してあるモノクルを押し上げると、俺の額に手を当てた。

「ふむ……熱はなさそうだな。顔色もいいし。多分、何ともないと思うけど、念のため医者に診てもらおうか？」

「いえ、結構です。俺は至って、健康なので」

――そう、俺は元気なんだ……シャーロット嬢の苦しみを肩代わりしてやりたいくらいには。

グッと強く手を握り締める俺は、『ある程度回復したとはいえ、まだ辛い筈……』と思案する。

目を閉じたまま動かないシャーロット嬢の姿が脳裏に焼き付いていて、俺は他のことに集中出来なかった。

せっかく体調を気遣ってくれた兄にも素っ気ない態度しか取れず、俺は沈黙する。

――と、ここで真正面に腰掛ける女性が口を開いた。

「あら、浮かない顔をしているわね。人の感情に疎い貴方にしては、珍しいじゃない」

爛々と輝くルビーの瞳を細め、微かに笑う彼女は――俺の母親であり、ソレーユ王国の王妃であるレジーナ・ボー・ソレーユだった。

瞳と同じ色のドレスを身に纏い、ワインレッドの扇を手に持つ彼女は、王妃に相応しい威厳を放つ。

艶やかな銀髪は綺麗に纏められており、形のいい耳と項を晒していた。

三児の母と思えぬ色気を放つ彼女は、全体的に大人っぽく、気品に溢れている。

――と、ここまで聞けばただの美しい妃だと思うだろうが、実際は違う。

何故なら、母は――戦うことしか能のない父に代わり、ソレーユ王国の内政を取り仕切っているから。

あちこちに戦争を吹っ掛ける父が、問題なく王の座に君臨出来ているのも、母のおかげだ。

そうでなければ、この国はとっくの昔に破綻している。内乱状態になっていても、おかしくないだろう。

『母上を王妃に選んで良かったな』としみじみ思いつつ、俺は父の勘を……いや、決断を支持する。

そして、今も戦場を駆け回っている父の姿を想像した。

空席になっている母の隣をぼんやり眺めていると、俺はふと真横から視線を感じる。

『なんだ？』と首を傾げながら、そちらに目を向けると――――ソレーユ王国の第二王子たる、アルフォンス・クローフィ・ソレーユの姿があった。

最強の武人と名高い彼は、真顔でこちらをじっと見つめている。

血のように真っ赤な瞳からは、何の感情も窺えなかった。

『普段の俺もこんな感じなのだろうか？』と思う中、兄はガシガシと頭を掻く。その拍子に、短い黒髪が激しく揺れた。

「……これが浮かない顔か。分かりづらいな」

「それは貴方も同じでしょう」

『もっと表情筋を動かしなさい』と言い放つ母に、彼は言葉を詰まらせる。

一応、父に次ぐ実力者だが……絶対的支配者である母には、敵わないらしい。

早々に白旗を上げる兄は、『善処します』と言ってマカロンに手を伸ばした。

口に物を入れることで、会話の続行を防ぐ彼に、母は呆れつつも見逃す。

そして、こちらに向き直ると、真剣な面持ちで言葉を紡いだ。

「それで、何かあったの？　私達でよければ、相談に乗るわよ」

『家族なんだから、頼りなさい』と口にする母は、真っ直ぐにこちらを見据える。

凜とした……でも、どこか温かい眼差しを前に、俺はティーカップに手を伸ばした。

もうすっかり冷めてしまった紅茶を一気に飲み干し、おもむろに口を開く。

「相談……というほどのことではありませんが、実は友人が魔力回路を痛めてしまいまして……今もまだ治っていないのです。だから――」

胸の中に渦巻く不安を吐き出す俺は、林間合宿の騒動についても詳しく説明した。

母達はもう情報を仕入れている筈なのに、黙ってこちらの話を聞いてくれる。

ただそれだけなのに……妙に心地良かった。

俺はただ、誰かに話を聞いて欲しかっただけかもしれないな……。

「――という訳で、俺は友人の心配をしているんです」

説明と呼ぶにはあまりに感情的で、分かりづらい文章を並べ、俺は口を閉じる。

きっと、言いたいことの三十％も伝わっていないだろうが、心は随分と軽くなった。

清々しい気分で、追加の紅茶を淹れていると――一番目の兄が勢いよく席を立つ。

「ちょっと、待って！　最上級魔法を使えるほどの実力者で、祈願術の使い手って、まさか――シャーロット・ルーナ・メイヤーズか⁉」

シャーロット嬢の噂はソレーユ王国にまで届いているのか、兄はキラキラと目を輝かせる。

興味津々といった様子で詰め寄ってくる彼に、俺は眉を顰めた。

「まあ、そうですが……敬称をつけてください。シャーロット嬢に失礼です」

硬い声色で呼び捨てを指摘すると、兄はハッとしたように目を見開く。

「あっ、それはごめん……！　でも、グレイソンの友人がシャーロット嬢だとは思わなかったな！」

「確かに意外ね。貴方、女性に興味なかったじゃない」

兄の発言に共感を示す母は、『グレイソンも成長したのね』と呟いた。

嬉しそうに頬を緩める彼女の傍で、兄は溢れんばかりの笑みを零す。

「で、シャーロット嬢はどんな子なんだ!?」

俺の相談など、すっぽり頭から抜け落ちているようで、兄は更なる質問を投げかけてきた。

『何でもいいから、教えろ！』という圧を、ヒシヒシと感じながら、俺は顎に手を当てて考える。

「そうですね……シャーロット嬢はお人好しで、甘いものに目がなくて、動物をこよなく愛する人です。また、普段は大人っぽいんですが、笑うと幼くて――」

シャーロット嬢と過ごした日々を振り返る俺は、僅かに目を細めた。

出会ってからまだ半年も経っていないというのに、彼女との思い出はたくさんある。

『一日じゃ、語り尽くせないかもしれないな』と思いつつ、俺はふと天井を見上げた。

「でも、彼女と一緒に居ると、時々胸が痛くなります。別に怪我をした訳ではなく、こう……息が詰まる感じと言いますか……」

「えっ!?　それは一大事じゃないか！」

『大変だ！』と大騒ぎする兄は、一瞬で顔色を変える。

難しい顔つきで黙り込む彼を前に、二番目の兄が恐る恐る口を開いた。

「……なあ、シャーロット嬢に変な魔法を掛けられた可能性はないのか？　そいつは稀代の天才なんだろう？」

シャーロット嬢の人柄についてあまり知らないからか、二番目の兄は疑念を抱く。

どうやら、シャーロット嬢限定で起こる症状というのが、引っ掛かるらしい。

形のいい眉を寄せる彼の横で、俺は──小さく首を振った。

「それは絶対にありません。シャーロット嬢は、そんなことをする性格じゃありませんし……何より、回りくどすぎる。本気で俺に危害を加えるつもりなら、もっと確実な方法を選ぶ筈です」

『例えば、転移魔法を使って海に捨てるとか……』と具体例を話す俺に、二番目の兄はギョッとする。

珍しくポーカーフェイスを崩す彼は、『なんか、凄い女なんだな……』と呟いた。

「分かった。グレイソンがそう言うなら、信じる。変なことを言って、悪かったな」

「いえ、心配してくれたのは分かっていますので、どうかお気になさらず」

申し訳なさそうに頭を下げる彼に、俺は片手を上げる。

『気に病むな』と言葉や態度で示す俺を他所に、一番目の兄は椅子に腰を下ろした。

悩ましげに眉を顰める彼は、背もたれに寄り掛かり、両腕を組む。

「でも、シャーロット嬢の仕業じゃないとなると、原因は一体何なんだ？」

『訳が分からない』と言わんばかりに頭を振る兄は、手で額を押さえた。

ブツブツと何かを呟きながら、考え込む彼の傍で、俺と二番目の兄も原因を探る。

そして、小一時間ほど悩んだ結果――――俺達はある結論に辿り着いた。

「「まさか、これは――――病気!?」」

全く同じセリフを口にした俺達は、互いに顔を見合わせる。

張り詰めた空気を肌で感じながら、俺達はゴクリと喉を鳴らした。

「生まれてこの方、病気など罹ったことはありませんが……それしか考えられませんね」

「もしかしたら、帝国の気候が合わなかったのかもしれないな。もしくは、女性に免疫がなくてアレルギーのような症状を引き起こしているとか」

「それは有り得るな。グレイソンはずっと剣術に夢中で、女性と深く関わってこなかったから……まあ、とにかく医者に診てもらおう」

『詳しい話はそれからだ』と急かす一番目の兄に頷き、俺は席を立つ――――が、母に睨まれて動きを止めた。

「一旦落ち着きなさい、バカ息子達」

『興奮し過ぎよ』と咎める母は、呆れたように溜め息を零す。

ルビーの瞳に憂いを滲ませ、自身の頬に手を添えた。

やれやれと頭を振る彼女は、『どうして、こんなにバカなの……』と嘆く。

「はぁ……とりあえず、座って」

「は、はい……」

反論を許さぬ母の態度に戸惑いながらも、俺は素直に従った。

何故なら、絶対に逆らってはいけない雰囲気を感じ取ったから。

それは兄達も同じようで、固く口を閉ざし、ピンッと背筋を伸ばした。

借りてきた猫のように大人しくなった俺達を前に、母はバサッと扇を広げる。

「まずは貴方達の間違いを正すわね。グレイソンが感じた痛みの原因は────病気じゃないわ」

『全くの別物よ』と断言した母に、迷いはなかった。

『何故、そう言い切れるのか……』と疑問に思う俺は、僅かに身を乗り出す。

「では、原因は何ですか？　母上はもう分かってらっしゃるんですよね？」

「ええ、分かっているわ。でも、言えない」

『言わない』ではなく、『言えない』と発言した母は扇で口元を覆い隠す。

そして、壁際に控える侍女を呼び寄せると、何かを耳打ちした。

小さく頷いて退室していく侍女を見送り、彼女はこちらに向き直る。

『追加の菓子でも頼んだのか？』と首を傾げる俺は、困惑気味にルビーの瞳を見つめ返した。

「何故、言えないんですか……？」

「言っても、貴方が納得しないからよ。何より、こういうことは自分で気づくべきものだと思うから」

よく分からない言い分を口にする母は、パタンッと扇を閉じる。

────と同時に、先程部屋を出ていった侍女が戻ってきた。十冊の本を抱えて……。

母は閉じた扇の先端をこちらに向け、侍女に本の届け先を指示する。

『畏まりました』と了承する侍女を前に、母は僅かに目を細めた。

「答えは一人で見つけなさい。ヒントくらいは、あげるから」

ヒント……とは、まさか本のことか？　アレを全部読め、と？　帝国に戻るまでに？

『ここに居られるのはせいぜい、一ヶ月だぞ？』と、俺は内心頭を抱える。

でも、このまま有耶無耶にするのは嫌なので、覚悟を決めた。

侍女の手から本を受け取り、俺はチラリとタイトルを見る。

一応全て確認したが、どれもロマンス小説の類いだった。

いや、よりによって小説かよ……しかも、恋愛もの。俺は基本図鑑や教科書しか、読まないんだが……。

「母上、コレのどこがヒントなんですか？」

「嫌なら、読まなくてもいいのよ」

『強制はしない』と述べる母に、俺はこれ以上文句を言えなかった。

『はぁ……』と深い溜め息を零しつつ、膝の上に本を載せる。

じっと表紙を見つめる俺は、釈然としない気持ちを抱えながらも、一番上にある本を開いた。

《ルーベン side》

「――――申し訳ございません。皇太子の暗殺に失敗しました」

カーテンが閉め切られ、真っ暗となった室内で僕は両手をついて謝罪した。

深々と頭を下げる僕の前には――――煙管(きせる)を吹かせる御仁の姿がある。

玉座を彷彿(ほうふつ)とさせる椅子に腰掛け、冷めた目でこちらを見下ろす彼は、不機嫌そうに眉を顰めた。

「何故、戦力を分断させた？　最初から、狩りチームに全戦力を注げば、容易(たやす)く殺せただろう？」

『お前の采配ミスだ』と責め立てる御仁に、僕は肩を震わせる。

でも、ここで何も言わなければ、不要なゴミとして処分されるため、必死に声を絞り出した。

「お、仰(おっしゃ)る通りです。ですが、前日の合宿活動で皇太子は薬草採取チームを選択しており……実行日にどちらのチームへ行くか分からなかったため、やむなく戦力を分断させました」

震える声で弁解を口にした僕は、決行前日に実行犯と接触したことを思い出す。

全身真っ黒でまともに言葉も話せない奴は、ただ首を縦に振っていた。

僕が『配置を変えろ』と言った時も、『木箱に入れ』と命じた時も……理由を尋ねられたことなど、一度もない。

きっと、自我なんてないんだろうね。まあ、おかげで楽だったけど。

侵入の手引きと現場の指揮を任せられていた僕は、『あれくらい従順だと、操りやすい』と考える。

非常にいい捨て駒だったと感心する僕を前に、御仁は『ふぅ……』と煙を吐いた。

「……そうか。では、狩りチームに行くと決定してから、実行犯に伝えることは出来なかったのか？」

「自分は引率教師の一人として、屋敷に残らないといけなかったため、身動きが取れませんでした」

「それでも、全く動けなかった訳ではないだろう？」

『隙をついて、会いに行けた筈だ』と主張する御仁は、ギロリとこちらを睨みつける。

遠回しに職務怠慢を指摘された僕は、当時の状況を振り返った。

「確かに短時間であれば、抜け出すことも可能でしたが……実行犯である男は山の中を常に歩き回っていたため、接触するまでに大変時間が掛かります。そんなに長く席を外せば、周囲に怪しまれるかと……」

慎重に言葉を選びながら釈明し、恐る恐る顔を上げる。

難しい顔つきで黙り込む御仁を前に、僕は更に言葉を重ねた。

「また、決行当日になって配置を変更するのは危険だと判断しました」

『移動中に誰かと遭遇する可能性もありますし』と述べ、僕はそっと相手の反応を窺う。

精一杯の言い訳を並べ立てた僕の前で、御仁はおもむろに顎を撫でた。

「なら、事前にこう指示すれば良かったんじゃないか？　どちらのチームに皇太子が居るか分かった時点で、もう一つのチームに割いた戦力を集結させろ、と。そうすれば、皇太子の暗殺は上手くいっていただろう」

「お、お言葉ですが……一方のチームを野放しにした場合、引率教師や風紀委員会の動きが読みづらくなってしまいます。一般生徒の安全さえ確保出来れば、彼らは自由に動けますので……足止めする必要があると判断しました」

『暗殺に失敗する可能性が高くなる』と説く僕は、無能の烙印を押されないよう、とにかく必死だった。

『何としてでも、この場を切り抜けなければ』と焦燥感に駆られる中、僕は言葉を続ける。

「だ、第一……皇太子を今すぐ暗殺する必要はないのでは？　奴が居なければ、例の計画を進めることが出来ませんし……」

『何故、ここまで必死になって暗殺しようとするのか』と、僕は疑問を呈する。

もちろん、御仁の最終目標を考えれば、皇太子は居ない方がいい。

でも、時期を考えると……林間合宿で殺すのは早すぎる気がした。

「確かに今すぐ消す必要はないが、あやつは無駄に勘がいいからな。消せるなら、消しておきたい。無論、例の計画が成功するに越したことはないが……」

『あれだけ準備に手間を掛けたからな』と嘆きつつ、御仁は悩ましげに眉を顰める。

でも、皇太子を消しておきたい気持ちの方が勝っているのか、発言を撤回することはなかった。

まあ、例の計画を達成することで得られる地位には、まだかなり執着しているようだが……。

アレさえ手に入れれば、色々楽になるからね。捨てるのは、少々勿体ない気もする。

けど、成功する確信が持てない以上、暗殺を優先するべきなのかもしれない。

計画の進行だって、お世辞にも上手くいっているとは言い難いし……。

『全く進展がない訳じゃないけど……』と、僕は報告書の内容を思い返す。

良くも悪くも微妙としか言えない進捗具合に眉尻を下げる中、御仁は不意に目を細める。

「なんにせよ、今回は惜しいことをした。あともう少しで、皇太子の命を奪えたというのに……絶好の機会を逃した気分だ」

閉鎖的な学園内や警備厳重な皇城内と比べて、殺しやすかった環境を思い出し、御仁は嘆息する。

余程悔しかったのか、二つの眼(まなこ)には未練のようなものが垣間見(かいまみ)えた――が、直ぐに平常心を取り戻し、真顔になる。

「まあ、仕方ない。元々、この計画は急遽(きゅうきょ)立てたものだったからな。人員もコストも最小限で、計画も穴だらけだった。失敗しても、文句は言えないだろう」

皇太子が林間合宿に参加すると聞き、急いで準備したという経緯を踏まえ、御仁は理解を示した。

「だから、林間合宿の件はもういい。それより――文化祭の方に集中しろ。アレは半年前から計画していたものだからな。付け焼き刃同然の林間合宿とは違う」

『そちらに期待しよう』と述べ、御仁はおもむろに足を組む。

「言っておくが、失敗は許さんぞ――今回の汚名を返上するつもりで、派手にやれ」

『次はないぞ』と釘(くぎ)を刺す御仁は、今回の失態についてもう言及しなかった。

その代わりと言ってはなんだが、凄(すさ)まじいプレッシャーを感じる。

ゴクリと喉を鳴らす僕は、敬服の意味を込めて恭しく頭(こうべ)を垂れた。

「はっ。仰せのままに」

書き下ろし番外編1

夕食

I have been acting as a foil to my sister, but I am quitting today.

林間合宿二日目の夜――私は夕食を摂るため、一階の食堂まで来ていた。
結構遅い時間帯に訪れたせいか、人はまばらで閑散としている。
空席だらけのテーブルを見つめながら、私は出入り口付近の席に腰を下ろした。
すると、直ぐに料理が運ばれてきて、サラダやシチューがテーブルに並ぶ。
保温魔法でも掛けていたのか、料理はどれも温かいままだった。
冷えた食事を覚悟していた私は、嬉しい誤算に目を輝かせる。
――と、ここで視界の端に黒髪を捉えた。
「シャーロット嬢、相席しても良いか」
そう言って、向かい側の席に手を置いたのは――グレイソン殿下だった。
お風呂上がりなのか、彼の髪は少し湿っていてペタンとしている。
グレイソン殿下も、まだ夕食を摂っていなかったのね。
まさか、委員会活動のあとに訓練でもしていたのかしら?
『努力家のグレイソン殿下なら、有り得るわね』と推察する私は、内心苦笑を漏らす。
ストイック過ぎる彼の性格に感心しながら、『どうぞ』と頷いて相席を許可した。
すると、彼は向かい側の席に腰を下ろす。

先程と同様、直ぐに料理が運ばれてきて、一緒に食事を始めた。

「狩りチームの護衛は、どうでしたか？　やっぱり、大変でした？」

『肉食動物も居るエリアだし……』と心配する私に、グレイソン殿下は小さく肩を竦める。

「そうでもない。野生動物なんて、油断さえしなければ、簡単に処理出来るからな。ただ、助けを必要としている時と、していない時の見極めは大変だった」

『下手に手を出すと、恨まれるからな』と主張し、グレイソン殿下はシチューを平らげた。

――かと思えば、給仕役のメイドにおかわりを頼み、二皿目へ突入する。

相変わらず大きい彼の胃袋に、私は思わず目を見開いた。

『訓練後だから、お腹が空いているのかな？』と思いつつ、シチューの中にある肉を口に含む。

あら？　これは、何の肉かしら？　牛や豚では、なさそうだけど……。

「美味いか？　実はその肉――俺が狩った猪のものなんだ」

『一般生徒を助けた際に倒してしまってな』と語るグレイソン殿下は、至って平然としている。

むしろ、ちょっと誇らしげだ。

猪を狩ったこと自体は凄いし、誇っていいと思うけど、加工前の姿を知っていてよく食べられるわね……!?

私はちょっと……いや、かなり躊躇するわよ!?

狩りが盛んな国で育ったグレイソン殿下からすれば、普通のことかもしれないけど……！

狩り経験なしの私には、ちょっとハードルが高い……！

『せめて、夕食後に知りたかった……』と嘆きながら、私は口に含んだ肉を何とか飲み込む。

そして、躊躇いながらもシチューの肉を掬い上げた。

残すのは、絶対にダメ。猪の命を無駄にする訳には、いかないから。頑張って、食べきらなきゃ。

使命感にも似た感情に駆られ、私はスプーンを強く握り締める。

クツクツ煮込まれ、美味しくなった猪肉を見下ろし、決意を固めた。

『命に感謝を！』と心の中で叫びながら、ラピスラズリの瞳を見つめ返す。

「そうでしたか。道理で普通の肉とは、違うと思いました。とても、美味しいです」

「それは良かった。体をほとんど傷つけずに狩った甲斐があったな」

猪肉を絶賛したからか、グレイソン殿下は僅かに目を細めた。

心做しか雰囲気も柔らかくなっており、殿下なりに喜びを表す。

「本当は真っ二つにしようと思ったんだが、喉元を切り裂くだけに止めたんだ」

「えっ……？」

「おかげで返り血も少なく済んだ」

「血……」

狩った時の状況を語り出したグレイソン殿下に、私は『そんなの言わなくていい！』と叫びそうになる。

でも、本人に悪気はないため、何とか我慢した。

大人の対応を心掛ける私は、スプーンに載った肉を一旦皿に戻す。

猪の最期なんて……想像するだけで、食欲がなくなるわ。

とはいえ、残す訳にはいかないし……こうなったら、丸呑み同然で胃に詰め込むしかないわね。

『お行儀が悪いけど、今回ばかりはしょうがない』と割り切り、再び肉を掬い上げた。

ゴクリと喉を鳴らす私は、決死の思いで肉を口に含む。そして、直ぐに飲み込んだ。

後味を確認し、『よし！　これなら、いける！』と私は確信する。

何とか見つけた希望の光を胸に、完食を目指す中──グレイソン殿下は意気揚々と三皿目に突入した。

書き下ろし番外編2

視察《アイザックside》

I have been acting as a foil to my sister, but I am quitting today.

――――これは林間合宿の後に起きた出来事……。

僕は皇太子として公務をこなすレオに付き添い、とある領地の視察に来ていた。

街や村を回り、調査に奔走する僕達は必要な作業を粗方終える。

そして、『さあ、帰ろう』となった時――――領主であるハメット男爵に屋敷へ招待された。

『ご一緒に夕食でも……』という誘いである。

狙いはもちろん、僕達と繋がりを持つこと。

あわよくば、娘の婚約者にしたいという本音も透けて見える。

皇太子妃か公爵夫人……どちらになっても、男爵としては美味しい話だからね。

果実水の入ったグラスに手を伸ばす僕は、向かい側に座る男爵一家へ目を向ける。

ニコニコと機嫌良く笑う三人は、どうでもいい世間話を繰り広げていた。

適当に相槌を打つ僕は、隣に座るレオへ視線を送る。

いつもと変わらぬ笑顔で応対する彼は、手元も見ずにステーキを切り分けていた。

――と、ここでハメット男爵家の一人娘であるアリス嬢が、口を開く。

「そう言えば、メイヤーズ子爵家のご息女達は魔法の才能に秀でているそうですね！　まるで人間じゃないみたいだと、お聞きしました！」

メイヤーズ姉妹の評判について言及するアリス嬢は、無邪気に笑った。

瞳の奥にある悪意を隠すように……。

「人間離れした実力ゆえに、メイヤーズ子爵家の方々は人の形をした化け物だって、噂されているそうですよ！　私も最初は冗談かと思いましたけど、お二人の活躍を聞いていると、どうも……」

言いづらそうに俯く彼女は、不安そうな素振りを見せるものの……口元は緩んでいた。

故意にメイヤーズ子爵家の評判を落としていると見て、間違いないだろう。

隠し切れない悪意を見せる彼女の前で、レオはピクリと眉を動かす。そして、僅かに目を細めた。

「あまり根拠のない話をするものではないよ。知らず知らずのうちに、誰かの怒りを買ってしまうかもしれないからね。ほら、口は災いの元とも言うだろう？　発言には、気をつけたまえ」

有無を言わせぬ物言いで注意を促すレオは、おもむろに両手を組む。

皇太子に相応しい威厳を放つ彼の横で、僕は小さく肩を竦めた。

「シャーロット嬢もスカーレットも、もうただの子爵令嬢ではないからね。彼女たちを支持する勢力も増えてきたし……単なる噂話とはいえ、軽々しく口にしない方がいいと思うよ」

『下手したら、社交界から追放されちゃうかもね』と冗談交じりに言い、彼女を牽制する。

レオのみならず、僕にまで反論を受けたアリス嬢はプルプルと震えていた。

権力者を下手に刺激してしまい、恐ろしくなったのか……それとも、自分の思い通りにいかなくて腹を立てたのか。

下を向いたまま動かない彼女からは、何の感情も読み取れない……でも、何となく——両方だろうな、と思った。

「……お二人の仰る通り、軽率な発言でした。申し訳ございません」

『ご無礼をお許しください』と言って、アリス嬢は頭を下げる。

『とりあえず、しおらしい態度を取っておこう』という算段なのか、かなり縮こまっていた。

シュンと項垂れる彼女を前に、レオはニッコリと微笑む。

「いや、謝る必要はないよ。ただ、言葉遣いには本当に気をつけた方がいい——君達が貴族でいられる時間は、そう長くないから」

『身分で守られているのも今のうちだ』と言い、レオは発言一つが命取りとなる平民生活を憂う。

遠回しに『爵位を剥奪する』と告げられた男爵一家は、途端に青ざめた。

へぇー？　一応、やましい事をしている自覚はあるみたいだね。

だって、『爵位剥奪』を仄めかされて、困惑より恐怖が先に立つ人は少ないから。

爵位を奪われても仕方ないような事情がなければ、こんなに警戒しない。

視察と題し、ハメット男爵家の不正調査を行っていた僕達は、既に彼らの所業を把握している。

当然のことながら、情けを掛けてやるつもりなど一切なかった。

「お、お待ちください！　殿下は何か勘違いをしておいでです……！」

「わ、我々は爵位を取り上げられるようなことなど、しておりません！」

「神に誓って、潔白ですわ！」

もう証拠も証人も揃っているというのに、男爵一家は悪足掻きを続ける。

貴族としての品格も忘れ、騒ぎ立てる彼らに、レオは冷え冷えとした眼差(まなざ)しを向けた。

「金貨三千万枚を優に超えるほどの脱税に加え、違法薬物の密輸……極めつけは、奴隷の売買。これほどの罪を犯していながら、潔白とは……笑わせるね」

『寝言は寝て言え』と言わんばかりに厳しい現実を突きつけると、レオは立ち上がる。

それに続く形で僕も席を立ち、男爵一家の懇願を無視して、この場を後にした。

――後日、正式にハメット男爵家の取り潰しが決定し、彼らは揃いも揃って身ぐるみを剥がされた。

書き下ろし番外編3　ベルデ山《ナイジェルside》

I have been acting as a foil to my sister, but I am quitting today.

――これは夏休み終了間近に起こった出来事……。

私は従兄弟のサイラスに頼まれ、荷物持ち兼護衛として森を訪れた。

珍しい植物で溢れ返るここは、帝国の南端に位置するベルデ山の中である。

領主の意向で管理や開拓は必要最低限しかされておらず、手付かずの自然を楽しめた。

まあ、その分危険も多いが……。

右の茂みから飛び出してきた狼に視線を向け、私は直ぐさま抜刀する。

流れるような動作で一太刀浴びせると、地面に転がる首と胴体を一瞥した。

ふむ……ここのところ、書類仕事ばかりしていたから、肩慣らしにはちょうどいいね。同行して、良かった。

『これでまた私の剣技と美しさに磨きが掛かる』と、機嫌を良くする。

体を動かす快感に酔いながら、私は次々と襲い掛かってくる狼達を切り伏せた。

『ここは彼らの縄張りだったのかな？』と首を傾げる中、サイラスは地面に座り込む。

欲しい薬草でも見つけたのか、目をキラキラと輝かせながら、植物に手を伸ばした。

そして、背負いカゴにどんどん植物を投げ入れていき、あっという間に中身を満杯にする。

「ナイジェル、カゴ」

「ああ、分かっている。ほら、貸してごらん」

そう言って、サイラスのカゴを受け取る私は代わりに空のカゴを渡した。

笑顔でお礼を言う彼に、私は『どういたしまして』と返し、満杯のカゴを背負う。

中身が零れないよう、上に布を被せたため、落とさなければ問題ないだろう。

『でも、出来るだけ動かない方がいいな』と判断し、私はある程度行動を制限する。

――――と、ここで熊が姿を現した。

ベルデ山の主なのか、通常より遥かに大きく、毛並みもいい熊は低く唸る。

恐らく、『これ以上、山の生態系を荒らすな』と警告しているのだろう。

まあ、私達には全くもって関係のないことだけど……そもそも、先に仕掛けてきたのはそっちだ。

私は自分と従兄弟の身を守るため、抵抗したまで。文句を言われる筋合いはない。

山の主が相手であろうと物怖じしない私は、剣先を奴に向ける。

これで、『言うことを聞くつもりはない』と相手に伝わっただろう。

明確な敵意と逆らう意志を見せた私に、熊は再び唸った――――かと思えば、サイラスに向かって突進してくる。

まずは弱い方から落とす算段か。実に賢い判断だ。でも――――。

「――――この私が、野生動物ごときに後れを取るとでも？」

剣気で身体を強化した私は、熊の進行方向に割り込む。

戦闘中でもお構いなく薬草採取に励むサイラスを背に庇い、私は不敵に笑った。

「サイラスの邪魔をするやつは、一匹残らず排除する――――それでもいいなら、掛かっておいで。有終の美を飾ってあげよう」

天に向かって剣を突き立てる私は、僅かな殺気を放つ。

『最初で最後の警告だ』と態度で示す私を前に、熊は――――足を止めなかった。

ベルデ山の主として、退く訳にはいかないのだろう。

「その覚悟に免じて、楽に死なせてあげるよ」

剣に剣気を纏わせ、私は一歩前へ出る。

そして――――向かってきた熊の心臓を一突きにした。

確かな手応えを感じる私は、奴の胸に埋まった剣を引き抜く。

刹那、傷口から勢いよく血が吹き出し、私の体を汚した。

バタンと地面に倒れたベルデ山の主を見下ろし、私は返り血に濡れた前髪を掻き上げる。

「思ったより血が出たけど、綺麗に殺せたね。このまま捨てるのも勿体ないし、後で剥製にして部屋に飾ろう」

『これで、更に部屋が美しくなる！』と喜ぶ私は、ゆるりと頬を緩めた。

ピクリとも動かなくなった熊の顔を指で突つき、上機嫌に笑う。

――――それから、程なくしてサイラスの作業が終わり、私は大きな戦利品と共に山を下りた。

姉の引き立て役に徹してきましたが、今日でやめます 3

発行 2023年4月25日 初版第一刷発行

著者 あーもんど

イラスト まろ

発行者 永田勝治

発行所 株式会社オーバーラップ
〒141-0031 東京都品川区西五反田 8-1-5

校正・DTP 株式会社鷗来堂

印刷・製本 大日本印刷株式会社

ISBN 978-4-8240-0473-4 C0093

【オーバーラップ カスタマーサポート】
電話 03-6219-0850
受付時間 10時～18時（土日祝日をのぞく）

作品のご感想、ファンレターをお待ちしています

あて先：〒141-0031 東京都品川区西五反田 8-1-5 五反田光和ビル4階 オーバーラップ編集部
「あーもんど」先生係／「まろ」先生係

スマホ、PCからWEBアンケートにご協力ください

アンケートにご協力いただいた方には、下記スペシャルコンテンツをプレゼントします。
★本書イラストの「無料壁紙」 ★毎月10名様に抽選で「図書カード（1000円分）」

公式HPもしくは左記の二次元バーコードまたはURLよりアクセスしてください。
▶ **https://over-lap.co.jp/824004734**
※スマートフォンとPCからのアクセスにのみ対応しております。
※サイトへのアクセスや登録時に発生する通信費等はご負担ください。

オーバーラップノベルスf公式HP ▶ **https://over-lap.co.jp/lnv/**